致我們的
中學時光

范永聰 范詠誼 楊映輝 著

萬里機構

推薦序一

你行的！

「我相信你是班上最有機會成為作家的人，你行的！」那時候，這句話深深震撼了我。說這話的人當時還娓娓道出自己的夢想，夢想有天可以出版自己寫的書。大家的回應是：「你也會成為作家的，你行的！」彷彿不過是課堂間嬉鬧的回應，然而，隱隱之中其實蘊藏着由衷的期盼和堅實的鼓勵。當然，相信內心感受到鼓動的同時，必定還有因為信心不足而生的許多洶湧的躁動不安或患得患失，也有為如何分配時間、平衡「生活」致使的費煞思量和「大費周章」……

要在現實生活中勉力掰開細細的縫隙，奢侈地用益發罕有的空餘時間花精神和心思豢養興趣，是如斯吃力的拉扯。隱藏在裏面的糾結情緒和複雜情感，我統統曉得。因為我經歷着，感同身受。也正因如此，我更相信選擇堅持在生活的夾縫之中勤懇執筆，除了充滿對實現夢想的決心，還飽含對文字的熱情以及對寫作的熱愛。

細讀「飯飯老師」的中學回憶，溢滿青春氣息的文章之中，教我特別深刻的是她對閱讀的狂熱。不單單在於見其購書、藏書的嗜好和習慣，重點是從字裏行間可知，她買回來的書全部讀過。喜歡購書、藏書的人大抵不少，只是，會將每一本買回來的書都讀上最少一遍的人有幾多？《閱讀的時光（初中篇）》和《閱讀的時光（高中篇）》裏，觸動我的除了飯飯老師對閱讀的沉迷和渴求，還有師長對她的引導和影響。以致於當飯飯老師成為人師之後，同樣會致力向學生推介優質讀物，甚至不吝借出寶貴珍藏。我也曾幸運受惠，並在飯飯老師的介紹下開始接觸張曼娟和陳慧的作品。飯飯老師願意慷慨借出藏書予學生，想必是因為她明白這種身體力行的推動和感染有其非凡的重大意義，也源於她一直以來對讀寫的鍾愛。

近幾年在校內負責閱讀推廣的工作，深深明白這任務充滿挑戰，尤其在資訊科技發達的世代，推廣閱讀的艱鉅程度倍增，環觀四周，這現象的出現委實不難理解。不過，我仍深信，觸動人心的作品歷久不衰，雋永的文字和情懷是可以細水長流的。就像其中好些精選讀本，飯飯老師的老師推介她讀，她推介我讀，我推介學生讀……我不敢說接棒，然而，這儼然是一種無形的、彷彿那麼順其自然的默默延續。在這綿長的延續中，沒有人敢保證成效，人或物亦可能隨時改變，但我們都知道，文字的價值從不貶抑，這一點已足夠成為其中一種支持我們不斷讀、持續寫的強大動力。

事隔多年，縱使始終不敢妄言自稱作家，但我曉得自己仍會繼續努力，在漫漫寫作道路上默默耕耘，深耕細作。而且，不能忽略的是到了多年以後的今天，面對當時說出那句震動心靈的話的人——我的預科班主任范詠誼老師，也就是我親切暱稱為飯飯老師的人，我願再一次對你說，「你真的會成為作家的，你行的！」

游欣妮

推薦序二

讀過本書文章後，有些彷如坐着多啦A夢的時光機般，腦海裏登時感到時光倒流三、四十年，中學時代的生活片段一一重新浮現出來。不難發現作者當年生活的是新界區的衞星城市（不知道還有多少人認識這個名詞？），本人則居於九龍半島的中心點，雖然地點不同，時間也稍稍錯開，但我們一代人卻擁有共同而相似的集體回憶，很是親切！心裏不期然找到這本書的三個特點：

首先，我們活在不同的時空，然而我們都享受過上世紀八十年代香港起飛的經濟和社會等美好發展過程；小學半日制、中學全日制，沒有所謂名校品牌，只有就近入學的選校原則。樸實的求學過程（沒有不斷的補習和補課）、簡單的生活要求（沒有追求日日不同的飯食種類）、經濟狀況沒有現在的富裕（電子產品欠奉），但我們這一代仍然感受到幸福，反思着簡單就是美的成長經歷。

其次，不難發現不同時代的年輕人，所經歷的成長過程真的是大同小異，正如《聖經》所說：「日光之下無新事」；年青人依樣需要有榜樣（role model）跟隨，那怕是身邊的大人，這包括家長、兄姊、老師、學長等，抑或是遙不可及的偶像，無論是來自本地、亞洲又或是其他世界各地的明星，原來全球化已在八十年代播下種子；不同年代的年青人，都需要有伴去互相幫助、提醒，甚至玩樂。

最後，筆者發現這些短文的作者們，所擁有的記憶力真是超強！他們對當天的生活片段、內心的感情思想等描寫得極細緻、生動，讓人感覺如在眼前，真情流露！也令人容易產生共鳴。再加上現代流行的詞彙（潮語）、文筆和手法，讓人讀後產生一種穿越時代的感覺，彷彿置身於韓劇的情節中——身在現代時空，但心靈卻是經歷剛剛發生在自己身上的過往情景，很是微妙。

願上帝祝福此書！讓成年人讀畢此書後，可以為我們年青的下一代締造值得開心、珍惜而又健康的美好成長回憶！

主內

錢群英

聖公會聖馬利亞堂

莫慶堯中學校長

自序一

少年不識愁滋味。

這句説話，對了一半。人生總有「愁滋味」，少年也會有，怎能完全逃得過？不過，那種「愁」大抵還不至於要命的程度。何況年少之時，需要「愁」的事情，終究要比面對現實社會的殘酷時少。故此，少年會「愁」；也懂「愁滋味」，但釋懷的方法與空間也多着。

不妨嘗試一下，回想你唸中學的時代，最「愁」的會是甚麼？學業？友誼？愛情？理想？還是一些雞毛蒜皮的事情，諸如：明天往哪處吃午飯？今天放學後幹甚麼？大家也是穿同一套校服，怎麼人家就是穿得比我帥？需要「愁」的事情可不少，但中學生涯，相信歡愉的回憶總是較多。

繼「公共屋邨回憶之旅」後，原班人馬又來一趟「中學生涯回憶之旅」。再一次衷心感謝萬里機構助理總編輯梁卓倫先生（Danny），還有妹妹詠誼及妹夫映輝。這是我與 Danny 第三次合作了，請容我表達最誠懇、最衷心的謝意，感謝那無窮無盡的包容。

對於這次「回憶」，我着實誠惶誠恐。相信親愛的讀者朋友們看罷書中由我撰寫的篇章後，都一定 100% 認同——范永聰是個運氣非常、非常不俗的人。荒廢學業、縱情玩樂是我中學生涯的真實寫照；中學時代的我，絕對沒有可能想像自己今天的景況。我的中學時代，相信是個上佳的反面教材；在這本小書內呈現出來的，剛好跟詠誼及映輝的經歷形成對比，正好説明一個事實——在一所中學之內，當然會有不同類型的學生，他們聚在一起，才能營造一個多采多姿的校園；中學生涯才因此變得豐富，值得回憶。

是為序。

范永聰
書於香港浸會大學歷史系

自序二

相信很多讀者都會同意，中學生活是人生中最教人回味的日子。

中學生，年青人，漸次褪去了小學的懵懂，慢慢累積了更多知識，愈發懂得建立健康的人際關係，開始着意籌劃自己的未來，一切似是向着美好的方向發展；然而，青葱歲月中卻摻雜着不可說小的學習壓力、各種情感帶來的苦惱、理想與現實的掙扎……各人都在跌跌碰碰中摸索着，然後徐徐成長。

回望我的中學生活，是平淡，卻充實。那個中一踏入校門的黃毛小孩，每天上課，努力學習。七載歲月悠悠，黃毛小孩承載着母校給她的學科知識、良師益友、行事為人的宗旨，以及對人生理想的追尋，緩緩步出校園。這不短也不長的七年，為她人生的大方向奠下了穩固的基石。

感謝萬里機構的梁卓倫先生，讓我們三人在回顧屋邨歲月後，又有機會回溯對我們成長至關重要的中學時代。

感謝欣妮為此書寫序。當年文學課上與同學的一席話還歷歷在目，欣妮亦完美地實現了我的「預言」，筆耕不輟，且成果豐碩。感激欣妮常常對我這個「寫作初生之犢」的支持和鼓勵，我會繼續努力！

感謝此書的另外兩位作者范永聰博士和楊映輝先生。說來真是有趣，我與范博士成長於同一個家庭，但中學的經歷卻迥異。他多姿多采的中學生活於我而言是可望而不可即的故事；而楊老師的男校生涯，更是我不可能理解的。總而言之，這都是一些趣味盎然的故事。

感謝書中為各章撰寫讀後感言的同學，希望你們都不會認為是讀着「遠古歷史」吧！

感謝我的兩位好知己——阿花及阿雅。感謝在寫作過程中你們的協助。你們驚人的記憶力往往幫我喚起了潛藏深心處的記憶。我們有緣在「謀記」遇上，然後結伴成長，在人生長流中我們甘苦與共，但願我們都可以一起健康快樂的老去。

感謝我的中學母校，您給我的豈止青春的美好回憶？您給我的還有更多更多。

如果回憶只限於想當年是沒有意義的。但在回憶中記住人生的美好，記住世界的真善美，然後從中支取力量，努力的活在當下，並期盼有更美好的將來，那麼，我們便為回憶賦予了非凡的意義。

范詠誼

自序三

我相信大部分人的中學時代，都是充滿不同的回憶，喜多悲少，總教人回味。所以多年前台灣先後有兩部講述中學時代輕狂歲月的電影《那些年，我們一起追的女孩》及《我的少女時代》，都能引起觀眾的共鳴，賣個滿堂紅。每個人的中學時代，總有相似的地方，亦有個別不同之處；所以構思這本書的時候，腦海中又再次出現很多不同的美好畫面，還有人生中種種的第一次。

我只讀過兩間中學，中一至中五時就讀聖言中學，預科時就讀聖公會梁季彝中學，兩間中學的經歷在我人生中留下不少難忘記憶。我由小學升讀中學後，真的眼光大開，原來中學可以這麼「大」。在中學時代，我嘗試了很多的第一次。例如我人生第一次打呔就是在中學時期。當時的冬季校服，都是要打呔的，但我不懂得要領，結果由班主任教授我如何打呔。相信大家人生中很多美好的第一次，就在中學發生，刻骨銘心、叫人難忘，更是曾經的感動。

在此要多謝預科時教授我中國文學的陳麗燕校長，她當年容許一個會考沒有修讀中國文學的學生修讀中國文學，讓我日後可以在這方面發展，造就今天的我，更有機會出版第三部著作。當年陳麗燕校長總是笑着說，要多看書多寫作才會有進步，歲月如梭，韶光易逝，今天更加明白老師的說話。

另外還要感謝錢群英校長在百忙之中，抽出寶貴時間為拙作寫序。最後更要多謝梁卓倫先

生，再次給予機會出版新著作，
讓我可以有機會與讀者分享人生
的一些點滴。

楊映輝

目錄

002 推薦序一（游欣妮）
004 推薦序二（錢群英）
006 自序一 （范永聰）
008 自序二 （范詠誼）
010 自序三 （楊映輝）

第一章：從小學生到初中生

016 從小六到中一：明升暗降？
020 第二志願
026 同學，你好！
029 00後眼中的中學時光

第二章：校園紀念冊

032 每人一條大蘿蔔
038 港式東洋風
042 洗頭記
046 姊妹淘
049 初中新體驗——校園午餐記
054 一週 Lunch 記事
058 豬紅麪情結
065 記兩種上古中學校園流行自創集體遊戲
070 西瓜波實戰記
075 How come? You are Form 6 students!
081 考試溫習記
087 史、史、史—— 全部都係「史」
095 一夜成長
098 突然好想你
103 別·離
109 00後眼中的中學時光

第三章：課外時光

112　最原始力量的表現
116　運動場上的風景
121　大大小小的比賽
124　最辛苦、流汗的活動
127　Mark 鐘再起，唔該！
134　黃牛與露營
137　《英雄本色》宿營記
142　閱讀的時光 —— 初中篇
147　閱讀的時光 —— 高中篇
151　因「潮」之名——暑期工大作戰
157　00 後眼中的中學時光

第四章：致我們的中學偶像

160　有偶像相伴的中學時光
165　怪你過分美麗
171　一起聽歌的日子
175　廣播道追星記
179　海闊天空
187　00 後眼中的中學時光

第一章

從小學生到初中生

從小六到中一：明升暗降？

姓名：范永聰

特別家庭會議宣佈正式開始。爸爸似乎也十分重視這個會議，今天好像比平時早了一點下班回家。

「今天要下決定的了，因為明天必須提交表格。我們之前都談過多次了，怎樣了？你是否真的喜歡這間學校啊？」媽媽問我。

「這間學校非常好啦！」爸爸搶答。「它本身在區內屬於名聲上佳的中學；我也在街上近距離觀察過這間學校的學生！都很乖巧似的，看來校風不錯。學校又鄰近我們家，阿聰可以回家吃飯，多好！即使偶爾遲了起床，也能趕得及上學，不會遲到啊！」

我看了妹妹一眼，她默不作聲，就像心中想着：「看着我幹嘛？現在是你升中，不是我升中啊！」

「嗯……，那麼，就選這間學校作為第一志願吧！我班上不少同學好像也是選它為第一志願。老師說我的成績非常不俗，如無意外的話，應該能順利獲派這間中學呢！」我作出決定。

若干月後，有一天，小學老師在課堂上公佈升中派位結果，我們一班同學的派位成績相當不

俗，大量同學獲派第一志願中學，我已經確定有十多位同班同學即將與我一起，一同升讀同一所中學。我不是一個容易認識新朋友的人，現在知道至少有十數位「熟人」「過渡」成為中學同學，對於當時極度害怕適應新環境的我來說，真是一大喜訊。

拿着那張中一派位結果通知書，我興高采烈地回家向媽媽報告。媽媽欣喜若狂，鄰居聽到她的歡笑聲，都過來我家關心一下，未幾差不多所有鄰居都知道我成功獲派第一志願的中學——住在這公屋單位，真的沒有私隱可言；如果當年剛巧有新聞記者訪問，她一定就像現今我們在「升中統一派位結果公佈」的新聞報道中所看到的那些激動流淚的媽媽一樣，邊哭邊笑邊說：「很感恩！非常感恩呀！真的很開心！真的可以完全放心了！比中六合彩頭獎還要開心啊！是啊！是啊！我的兒子獲派第一志願啊！」旁邊的兒子正在竭力地躲避着攝影機的鏡頭；或對着鏡頭在反白眼。其實當我知道自己獲派第一志願的中學，也感到光榮與興奮，但對於媽媽那種好像得到「解放」的亢奮心情，我未能領會。「養兒一百歲，長憂九十九」這種道理，當時的我又怎會明白？我很記得，當天的晚餐異常豐盛，我很久沒有看過爸爸媽媽那樣開懷。

*　　　*　　　*

可惜，「小時了了，大未必佳」，又一個案重演，足證這句歷史悠久的金句例不虛發。挾着上佳小六成績進入第一志願中學的我，對於初中生涯感到極難適應。校園的確比小學時大了很多，但我對校園大小不太着緊，因為我也不是經常會在校園內到處閒逛；如果不是到操場踢球或打乒乓球的話，我比較喜歡留在課室，養尊處優。以往在小學，我們六年級生是最大最惡最正確的一群；升中以後，突然在學校裏變成「最弱勢社群」，雖然學校校風真的非常不錯，高年級的學兄學姊們絕對不會欺負我們，但作為最低年級學生這種身份，真的需要時間適應那從最高變成最低所產生的落差。

小學時屬於半日制，我上上午校，中午十二時四十分放學，回家吃過午飯立即完成所有家課，遇上狀態良好的話，可能下午四時以後已是「自由時間」，可以隨心玩樂。

升中以後是全日制，放學時已是下午三時十分；參與一下那些被迫參與的課外活動，有時黃昏才能離開學校，甚麼「自由時間」都告吹。全日制上學對我來說還有一個嶄新問題，就是那頓午飯。由於學校鄰近我家，媽媽又是全職家庭主婦，可以為我準備午餐，於是每天中午回家吃午飯，成為自然不過的安排。雖然路途不遠，但長期如此往返，也稍為感到折騰。

最要命的還是一些以往在小學從未接觸過的新科目，例如中國歷史與世界歷史——升中後第一次期考就是這兩科不合格；綜合科學 (Integrated Science)，就算如何專心上課，我都總是難以理解。即使是一些以往比較「熟悉」的學科，在升中以後也活像「變種 DNA」般，劇變得面目全非：英文科每節課堂仍然是看着那廿六個字母，它們的組合與變化卻比小學時複雜得多；數學科多了很多前所未見的古靈精怪幾何圖形及複雜算式，初時還能明白，逐漸難以跟上。中一第一次期考的班中名次排名，創我自出娘胎以來的新低：全班總共四十二位同學，小弟名列四十一。爸媽看到那張成績表，當然是齊聲一哭。

*　　　　*　　　　*

中一，一個全新的Starting point，而我這個人生新一頁的「頭」，開得極為不好。一個失敗的開局，對我此後整個中學生涯的影響，異常深遠。原以為如有神助般順利獲派第一志願中學後，就能一勞永逸，此後順風順水，安享中學生活。豈料千算萬算，就是忘了那「小時了了，大未必佳」的古人警世金句。適應力這回事，確實是我當時罩門所在。表面上我好像跟其他小學同學一樣，同步升讀中一；實際上卻是「明升暗降」，整個初中時期的學習表現，完全不似預期。

現在回想起來，我的中學歷程，就好像那些金融指數圖表一樣，呈現波幅極大的升跌，堪稱大起大落。然而，如此一段人生中的重要旅程，雖然幾經折騰，卻讓我學習到很多書本以外的知識，甚至開始掌握處世之道。若以追求品學兼優為學習終極目的，我的中學學習生涯——特別是初中時期，絕對算得上是徹底失敗了。不過，如果放大至我的整個人生來看，那八年中學生涯對我造成的重大影響，足以去到今日今日；那麼可以肯定的說，它仍然屬於一段異常美好的時光，是有很多非常值得紀念、對個人成長極有價值的悠悠歲月。

天上的爸爸、媽媽，您們說是嗎？

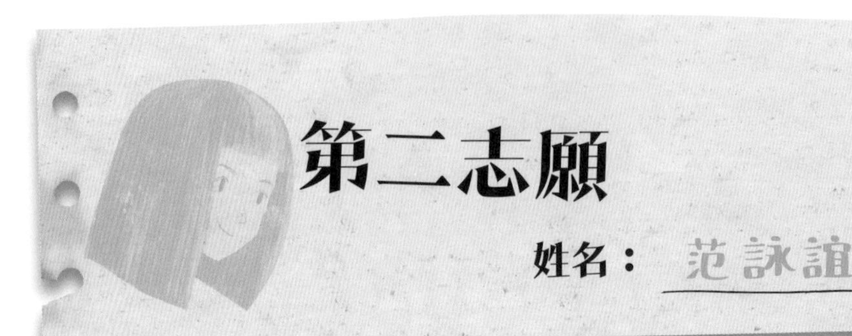

第二志願

姓名：范詠誼

「陳小明，XXX 中學！」

「王大強，XX 中學！」

「張美蓮，XXXXXX 中學！」

「同學，安靜點！我讀錯了！我由頭開始再讀一次啦！」

某年暑假前夕，某小學六年級班主任在嘈雜的課室裏，正在向全班宣佈中學派位的結果。正式公佈結果的日子其實是在翌日，不過老師偷偷把剛收到的結果先告訴同學。6C 班同學慢慢的安靜下來，待老師宣佈完畢，課室再次響起了雜沓的交談聲。

六年級的我，正是這個課室中的一員。我被老師告知，我獲派到第二志願的中學。當下沒有太大的失望，雖然未能派到第一志願是有一點點遺憾，但心想，第二志願也不錯吧！始終自己成績不穩嘛！老師不忘補上一句：「結果以明天的派位紙作準！」然後，一眾小鬼便匆匆離開課室，奔向那火辣辣的陽光裏。

第二天，正式收到派位紙，我也成為一個準中學生了。

我被派往的中學校齡甚淺，只有四年。選這所中學作第二志願，很大程度源於一位同學的推介。她的姐姐幾年前入讀了這中學，說學校校風良好，老師都和藹可親，循循善誘。我小五、六並非名列前茅

的學生，恐怕未能穩入第一志願的中學，以一所辦得不錯的新校作第二志願應該是一個正確的選擇吧！爸媽對我選校沒有甚麼意見，他們都説我喜歡就好，所以對於這個「第二志願」也很滿意，雖然未能與哥哥就讀同一所中學，但也不是大問題。

媽媽在派位當天的下午便帶着我去看新學校，畢竟她比較擔心交通問題，因為學校位置要乘搭一程巴士才能到埗。學校在沙田第一城的邊陲，附近還有兩所中學和一間小學，環境幽靜。看到比小學大至少三倍的中學校舍，我頓時感到點點緊張，又有點點期待——面前等待着我的中學生活是怎樣的呢？

*　　　*　　　*

等待着我的首要任務是認識新同學。與我一同升上這所中學的同校六年級生，只有一位，而且還是一名男生。中一迎生日第一次進入這偌大的校園，一切是這樣的新鮮，但一抹幽幽的孤獨感卻在心內滋長——我能認識到新同學嗎？結果，上到課室，隨便找個座位坐好，便自自然然的與鄰座同學攀談起來；認識新朋友，無難度！

中學新鮮人的生活是教人興奮的。由於哥哥比我大一歲，我在六年級時已經從哥哥口中知道了一些新學科如中史、History、I.S.、EPA、Geography 等等，但真正上課時，還是對這些新科目感到新奇。

科任老師數量比小學多，也有趣得多。中文老師是男的，小學時從未遇過中文男老師；英文老師是班主任，不算是平易近人那種；中史老師每堂都要同學輪流負責講歷史故事；History 老師蓄着一個冬菇頭，講課生動；

I.S. 老師在我們做實驗時常加鼓勵，是一位善良的老師；EPA 老師諢號為「單車王子」，是一位環保分子；Geog. 老師年輕貌美，同學都很喜歡她。還有一科是完全陌生的，就是家政。我清楚記得第一次在家政課做的是杏仁豆腐，媽媽品嘗過後還大讚好味！噢！數來數去，應該還有數學老師，但不是說笑，我腦海中完全沒有數學老師的印象——我對這科的抗拒是發自內心，已是毋庸置疑！雖然仍有如夢魘的數學科，但整體上我是非常喜歡這所第二志願的中學的。

上課以外，就是課外活動了。高小時我主要的課外活動是合唱團和田徑校隊；升上中學後，我決心當個文人，所以不再涉足田徑場。開學時的一堂音樂課，老師安排每位同學試音，我又被選進到合唱團了。Choir 的練習不是一件有趣的事，所以深刻記憶欠奉。反而，我在同學半推半就下參加的美術學會，就帶給我不少美好的回憶。我在美術上絕對一丁點天分都沒有，也不太感興趣，但為了陪伴同學，也就沒所謂吧！第一次聚會，老師要選出同學協助學會運作，幾個中二的師兄作弄我們，嬉皮笑臉的向老師建議這建議那，結果我被逼擔任了「文書」一職，負責記錄每次聚會的內容。往後直至中三，我也一直留在美術學會，而且都是懷着無比認真與熱誠投入其中。

當然，中學還有很多新奇事，是小學時完全未經歷過的——就像「四社」吧。我校的四社分別名為「信」（綠色）、「望」（黃色）、「愛」（紅色）和「行」（藍色）。我在迎新日中得知我被編進信社中，後來才知道原來學校的大型活動都會分社進行，例如陸運會啦、歌唱比賽啦、辯論比賽啦、戲劇比賽啦……之後又知道原來信社是

「弱」社，我們在很多比賽中都鎩羽而歸。面對着強勁的望社和行社，總是覺得那種黃和那種藍特別刺眼，而穿着黃色和藍色社衫的同學嘴臉都特別囂張。幸好還有愛社發揮大愛精神，在各項比賽中陪伴我們信社一同「包尾」……

升上中一的第一個月，我已經全然適應中學生活，全然愛上這所第二志願中學了。可能在學業上我適應得不錯（數學科也完全沒有適應的問題——與小學一樣的差），加上人際關係不俗，所以在愉快的日子下，中一的新鮮人生活在非常圓滿的情況下順利過渡了（跟哥哥是完全相反了吧！）。盛暑的艷陽肆意的照在每一位中一同學身上，地上的影子比去年又長了，美好的中二生活正等待着我們。而我，也似乎明白了，有時，第二是比第一好的。

#「認識新同學，無難度！」

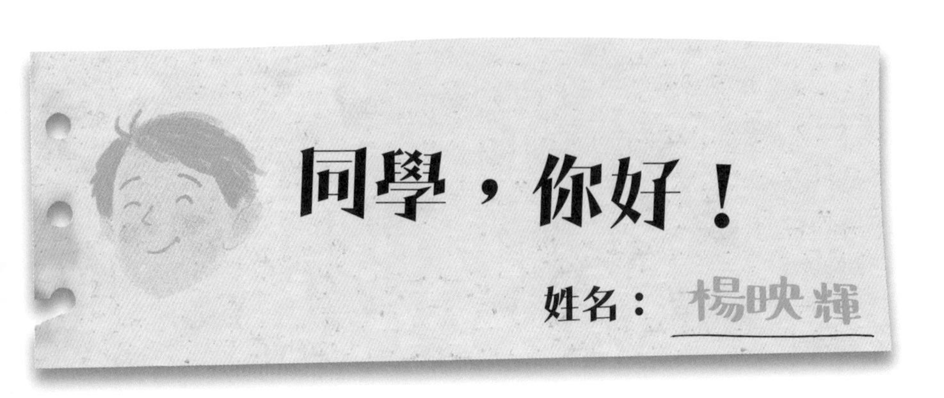

同學，你好！

姓名：楊映輝

還記得1983年夏日的某一天早上，天氣已十分炎熱，大家都穿着皓白的白襯衣，在兩把吊扇徐徐轉動下，一邊流着汗水，一邊專心上課。當年我們讀中學的一班裏，有四十人，有些班別甚至多達四十五人，所以課室人口密度極高。這天在這個已坐得滿滿的班房，突然來了一批不速之客。班主任對着我們說：「大家照常上課，像平日便可以！」同學們雖然沒有發出一點聲音，亦沒有問任何問題，像石像般牢牢地坐在座位上「繼續上課」；不過，每一個人心裏都有不少問號，這班是甚麼人？這班人做甚麼？這班人衝着哪人而來？

中一的我們仍然十分「聽話」，班主任叫我們繼續上課，我們就默默地上課，但心裏早已不在老師身上。這班不速之客，其實是一班手持攝影機、反光板等的大叔及女士。好奇的我偷望着他們，心想他們是無綫電視的，還是麗的電視的工作人員？整個拍攝過程，不用三十分鐘就完成，這班不速之客快速地離開，接着班主任透露他們是香港電台的攝製隊，正在拍攝《獅子山下》的一些花絮，而主角正是我們班中的一位同學。他就是1984年《獅子山下》〈天生你才〉中的「象人」陳家寶。〈天生你才〉講述「象人」陳家寶及「玻璃骨人」李吉祥的友情故事。

記得升上中一的第一天，當我踏入1C班房室裏，我和其他同學的眼球已經被課室中一位「特別」的同學吸引着，那就是後來飾演《獅子山下》〈天生你才〉中的「象人」陳家寶——岑同學。不知道是同學們單純，還是對新環境感到害怕，竟然沒有大嘴巴同學問東問西，也沒有八卦同學討論這位「特別」的同學，大家都是靜靜地上課。日復一日，大家心裏的謎團一直沒有解開，直到某日從班主任口中才知道，學校的神父（即校長）心地十分好，每年學校都會錄取一些有特別需要的學生。現在更明白這就是所謂的融合教育，我們的學校算是融合教育的先鋒了。

*　　　*　　　*

無論是甚麼樣的中學，總有一些同學愛搗蛋和戲弄別人，更愛給同學改花名。每個同學都會有屬於自己的花名，大多與自己名字相關，例如有同學姓余的，花名就是「魚蛋」；有的不愛出聲的，花名就是「自閉」；有的體型肥胖，花名就是「肥仔」……我當然也有花名，但我先不告訴大家，讓大家猜猜。至於班中這位「特別」的同學，也有一個特別的花名——師傅。話說我們的英文老師在某次課堂問書時，正好坐在課室最後位置的岑同學，一副氣定神閒、胸有成竹的模樣，像極武館裏的師傅，於是老師就叫了他一聲：「師傅！你答！」自此，大家都叫他「師傅」了；不過，他不太喜歡這個花名，每每同學用這花名叫他，都表現得不大自在。我想他可能覺得我們這班同學十分幼稚吧！我們與他的經歷，真的有很大距離，他所行的成長路比我們崎嶇難行多倍；一早被迫成長的他，怎會與其他同學們一般見識！我們的思想仍是小孩子，但他已經十分大人了。

人大了，可能學會了尊重，新相識的都不會以花名、別名相稱，只會用正正經經的稱呼！所以在街上突然有人用你的中學花名、外號跟你打招呼，會立時倍覺親切！自然地感到整個人返回最純真的中學時代。

膽小的我，鮮與岑同學打招呼，更遑論説話，害怕感也不知從何而來；中五畢業後，大家各為前程奔波，慢慢的也失去聯絡了，沒有機會再見過這位同學。

白駒過隙，時光荏苒，如果大家有機會在街上遇見，希望可以跟你説聲：「同學，你好！我是 XXX ！」（我的花名，還是留給中學同學知道就好）

00後眼中的中學時光

吳冠權

宣道會陳朱素華紀念中學，中三

看過這篇章後，勾起我不少升中的回憶。記得當我收到派位結果後，先是一陣驚愕，再來就是傷心流淚，因為從沒想到會入這間中學！幸好我很快就喜歡上這所學校的人和事。初進中學的我，的確和文章中的范老師一樣，對中學各種新鮮事有着無限興趣，因而參加各種活動，認識新朋友和老師。隨着在中學的日子愈久，我慢慢褪去小學仍有的稚氣，開始對任何事有更多考慮，真正成長為一個青少年！

李彥誼

聖公會林裘謀中學，中六

小學到中學之間的跨度可以有多大呢？光是初次在實驗室看見能夠上下滑動的黑板，我便已像「大鄉里出城」般嘖嘖稱奇。

中一時第一次有了「社」的概念，哪怕我們本來是來自不同的小學，當下，身上彷彿也有着一樣的顏色；換成校服後，也有着同樣的淺淡樸素，卻同時都是特別的、不同的孩子。我們從四方八面而來，成了一個群體，然後又接二連三地展示出自己的獨特，這樣，大概就是「升中」了。

倪華英

宣道會陳朱素華紀念中學，中四

當我得知獲派第二志願的中學時，難免有些失落。但升上中一後，發現能遇見這班老師和同學亦是一種緣分，甚至慢慢喜歡這所學校。在中學四年的時間裏，遇上了改變我的老師，亦找到自己喜歡的事。其實只要能過得開心，第幾志願的學校也不值得介懷！

第二章

校園紀念冊

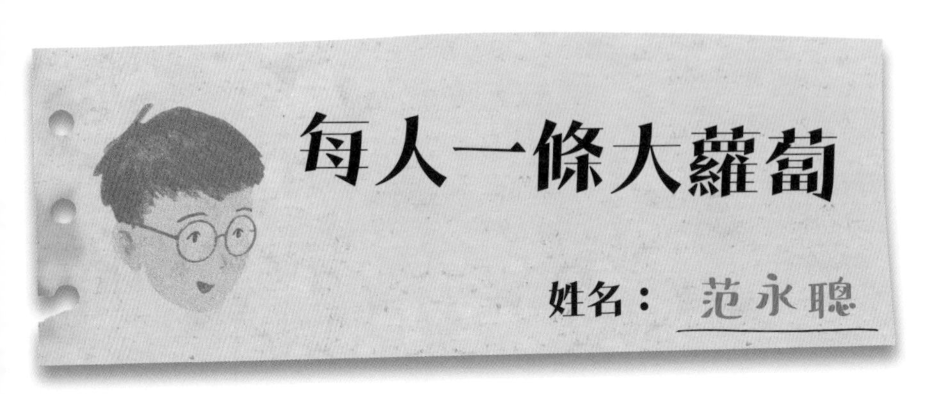

每人一條大蘿蔔

姓名：范永聰

校服不帥，這是常識。至少絕大多數學校的校服也不帥；偶爾有一、兩間學校的校服不錯，勉強可以穿上。不過，還不能夠稱之為帥。

然而，正在唸初中的男生，開始步入青春期，對於自己的日常衣着，總是比較着緊。何況，除非是唸男校，否則上學除了用功學習，總有其他目的。所謂人靠衣裝，如果不是貌比潘安，要在學校裏好好發展一下人際關係，穿得帥一點始終是必須的。

校服是一所學校的象徵符號，當學生穿上校服，就應該尊重自己是學生的身份，同時尊重自己所屬的學校，這是正常不過的事。不過，請恕我直言，這是「大人」的想法，「小朋友」不會這樣想。唸初中時的我，只會覺得校服是一套「枷鎖」——穿着它時，的確會約束自己的思想與行為，永遠不會感覺自在。要學生為自己身穿的校服感到光榮，不是一件易事——歸屬感從來是難以培養的。

由是，長久以來，在芸芸校規條文之中，往往有不少針對校服而設。在我唸中學的年代，簡單概括一句：「女生的裙要長；男生的褲要士。」潮流文化與時尚審美觀念，一直都是校服的天敵。不過，或許出於青春期所催生出來的反叛心理，又或對於發

展兩性關係的激烈憧憬，學生們總愛在訓導主任的監管下，在有限範圍內屢敗屢戰，嘗試向校規説不。

1980年代中期，香港曾經非常流行「蘿蔔褲」。所謂「蘿蔔褲」，顧名思義，就是整條褲子的外型活像一根蘿蔔，上闊下窄，尤其是靠近大腿的位置，務必盡量寬鬆，才能展現「蘿蔔褲」的精髓。至於褲腳位置，則是蘿蔔青菜，各有所愛；有人喜歡比較窄腳一點的——例如小弟，當年就非常嚴格要求自己穿回學校、藉以挑戰校規的「蘿蔔校褲」褲腳只有十四吋闊，我還會問媽媽借來軟尺量度褲腳！有些同學則不太喜歡過於收窄的褲腳——當然，這除了建基於各人的個別喜好，還視乎不同人的雙腿長短、粗幼，甚至愛穿的皮鞋款式而定。總之，大家都在努力配襯，務求在回校上課的時候，能以最佳狀態示人。

「蘿蔔褲」在設計上往往有其固定制式，無論大腿位置及褲腳闊度如何，「蘿蔔褲」的「褲頭」下方，通常附有「打摺」設計。這就為校方提供了方便，讓大多數學校能夠有效監管男同學們的校褲。校方通常在校規中明文規定：「男同學不得穿着『打摺褲』回校上課，違者即遭處分。」由於「打摺」設計非常明顯，訓導主任往往在遠處已能目測男生們所穿着的校褲是否違規，導致學校經常出現一個非常令人震撼的畫面：每天早上大批同學蜂擁回校之際，都能看見校門內的露天操場上，有十數位「誤穿打摺褲」回校的男生在排隊等候登記個人資料，預備接受適當懲罰。

一般來説，「誤穿打摺褲」不屬於嚴重罪行，訓導主任大多會在同學的手冊上留下片言隻語，通知犯規同學的家長，盡早為同學們預備符合校規要求的

「直腳褲」。「直腳褲」在今天是平常不過的物事，但在1980年代時，它只代表「老土」。穿着直腳褲的男生，注定在發展兩性關係此項人生重大事業上不斷觸礁擱淺。

不過，自古以來，道高一尺，魔高一丈。校規再嚴密，總有破綻。商業世界的不變定律是：只要有Demand，就一定會有Supply。普天之下的中學男生們都在苦求一條沒有「打摺」的「蘿蔔褲」，於是，曾經被譽為「1980年代中期最偉大發明」之一的「無摺蘿蔔褲」，應運而生！不少成衣商人看準如此市場良機，推出中學男生們的恩物，真箇苦海明燈。

售賣「無摺蘿蔔褲」的店舖，往往開設在公共屋邨的商場內。1980年代，「公屋」是不少香港市民的居所。家長要為子女們準備新學年的校服，往往在自己居所附近的公屋商場店舖購買。由是，售賣不同學校校服的商店，往往為廣大顧客們準備兩種截然不同「體系」的校服——家長們當然不希望子女因為穿着違規校服回校而被「寫手冊」，他們慣常為子女們準備兩套或以上「正規校服」，以供替換之用。至於追求時尚的年輕中學生們，絕對不會被售賣校服的商店遺忘，店主們已準備好「不同程度的違規校服」，以供尊貴的年輕顧客們選購。

「無摺蘿蔔褲」剛剛面世的時候，由於屬於「違規黑市校服」，大多數店舖也不會明目張膽的售賣——正規校服都琳琅滿目地被懸掛在店舖四周的當眼處，違規校服卻不見蹤影。當然，店主們沒有把它們懸掛出來，絕不代表他們沒有售賣啊！真是需要的話，就應該鼓起勇氣查詢一下：「呀！老闆您好。請問您這處有沒有售賣『無摺蘿蔔

褲』？」老闆看我一眼，緩緩的答道：「有，當然有，你想要多大的『蘿蔔』？」哈哈哈哈哈哈，老闆很是幽默呢，這是我唸中學時經常親身經歷的情景。

當大家知道那一家店舖有售「無摺蘿蔔褲」，便會奔走相告，互通消息：「啊！怎麼了？沙角邨的林X記有嗎？甚麼？四十九元一條？好好好，我待會立即前去購買！」「你說甚麼？乙明、博康也有嗎？售價如何？不是吧？四十五元一條？我昨天已經購買了！四十九元啊！豈有此理！多花了四元！可以多玩兩次《雙截龍》呀！！」（註：《雙截龍》是1980年代電子遊戲機中心［俗稱「機竇」］內非常流行的一款暴力格鬥電玩遊戲，我們已經非常熟練，通常兩人合作雙打，兩元一局，如不失手的話，可以隨時「打爆機」，每一局可以消磨大約三十分鐘。）這種為了一條違反校規的校褲而展現出來的團隊合作精神，無疑是我成長歷程中最美麗的人生風景之一。

為何商店老闆往往會問客人需要「多大的蘿蔔」？原來，為了配合市場上不同男生的個人獨特要求，「無摺蘿蔔褲」非常貼心，會為年輕男生們提供大腿闊度不一的款式，以供選擇。一般來說，那時候的「蘿蔔褲」可以分為「大蘿蔔」、「中蘿蔔」與

「小蘿蔔」三種。「大蘿蔔」的大腿位置異常寬闊，它的目標潛在顧客往往是體型相對肥胖、雙腿粗壯的男生，好讓他們穿上後仍能展現「蘿蔔效果」。但偶爾有些身型瘦削、雙腿不甚粗壯，志在標奇立異吸引異性的男生，也會購買「大蘿蔔」。

我就曾經試過購買一條「大蘿蔔」，首次穿着回校便已被捕。訓導主任笑着對我説：「這條『校褲』雖然沒有『打摺』，但它是『蘿蔔褲』來吧？你知道校方除了規定不能穿『打摺褲』外，也絕對不能穿『蘿蔔褲』嗎？」我答道：「阿 Sir，這不是『蘿蔔褲』來啊！我可能不小心買大了一個尺碼。請您看看啊！真的是買大了，褲頭的位置也感覺很鬆動似的，我也要佩戴皮帶以防褲子突然掉下呢！」説時用手拍拍腰間的皮帶位置。「這與皮帶毫無關係啊！佩戴皮帶也是校方對正規校服的要求之一，皮帶本來就是正規校服的一部分來啊！」阿 Sir 厲聲的道。然後只見他手持軟尺，準備量度我那條「大蘿蔔」的大腿位置闊度。「啊？你這條『校褲』的大腿位置足有接近三十吋闊，你這麼瘦削，大腿竟然那麼粗壯嗎？這一邊褲管大概可以容得下你兩條大腿啊！這還不是一條『蘿蔔褲』？」我：「⋯⋯。」算了，我認命了，已經撐不下去了，緩緩地從書包裏取出手冊，接受法律制裁。

相對「大蘿蔔」，穿着「小蘿蔔」回校的風險要低得多。不過，「小蘿蔔」較難展現當時得令的時尚「蘿蔔效果」，它有時甚至只能算得上是一條「窄腳褲」而已——穿一條活像收窄了褲腳闊度的「直腳褲」回校，倒不如直接穿回一定符合規格的土氣「直腳褲」好了，至少一定不會違反校規。由是，「中蘿蔔」始終最受廣大男生歡迎。當然，穿着「中蘿蔔」的風險也不低，但能帥着回校，很多同學都選擇以身犯險。

隨着市場需求激增，售賣「無摺蘿蔔褲」的店舖東主們可能已經非常厭倦每天應對千篇一律、重複又重複的同一個問題：「請問您們有沒有售賣……？」何況，似乎也真的沒有甚麼需要避忌呢！訓導主任們大抵不會前往「拉人封舖」吧？於是，一大堆「大蘿蔔」、「中蘿蔔」與「小蘿蔔」樣辦開始懸掛在店舖四周的最當眼處，並且明碼實價，任君選購。「無摺蘿蔔褲」在校園內所造成的時尚潮流，可謂一時無兩。

然而，時尚與潮流就是難以緊隨。當大伙兒長大了，離開校園，終於可以無拘無束明目張膽穿着蘿蔔褲——有摺無摺也可以的時候，才發現蘿蔔褲已經悄悄走下神壇。未幾，曾經被我們視為最土氣，卻是正規校褲代表的「直腳褲」，突然流行起來，成為潮流指標。然後，又過了很多年，當我們都已經習慣穿着「直腳褲」的時候，「蘿蔔褲」又突然在前幾年時冒起來……。

變來變去，似乎就只有一點沒有改變——「蘿蔔褲」就是我唸中學時的珍貴回憶之一，也是讓我與訓導主任們建立「緊密聯繫」的最主要橋樑。

港式東洋風

姓名：楊映輝

從青少年的服飾衣着，可以看到不同時代受着哪裏的文化影響。現在我們在街頭巷尾，看看男男女女的髮型、衣着皆受到韓風影響。這種文化的改變，有人認為是文化企業擴張的結果；韓流的成功，實在有賴韓國政府及文化企業的努力，再加上科技發展令韓流湧向世界的每一個角落。

上世紀七、八十年代，歐美、日本等是經濟強國，那時候香港在生活上不同方面就深受美國、日本文化的影響。不少歐美、日本劇集如《無敵鐵探長（*Ironside*）》、《神探俏嬌娃(*Charlie's Angels*)》、《前程錦繡（原名《我們的旅程》［日語：俺たちの旅］）》、《排球女將（日語：燃えろアタック）》、《3年B組金八先生》等等，在香港風靡一時。特別是八十年代，東洋風更是厲害至極。當年歌神許冠傑有一首名曲《日本娃娃》（1985）：「噚晚響東急碰正個日本娃娃，對眼特別大，仲有尖尖嘅下巴，有啲似中森明菜，唔係講假，趣怪又特別，直頭日本化」，在風趣抵死的歌詞中，可見東洋風對香港的影響有多深。

在八十年代的中學校園裏，更是處處可見日本文化的足跡。現在的年青人追星，很容易買到明星的相關產品，品種多如天上的星星。但是八十年代時，中學

生要買日本偶像的相關產品殊不容易，最容易買到的就是年青人雜誌《新時代》、《好時代》，雜誌中除了有不少日本偶像的新聞，更重要是雜誌中有大量的日本偶像大頭相片。這時校園內不少同學都有用雜誌內的日本明星相片作為課本的新封面；不同的教科書封面會見到中森明菜、小泉今日子、松田聖子等等日本大明星的倩影。我升讀中三時，也有隨波逐流，將教科書的封面換上日本偶像大頭相。我已經忘記了是哪一科的書本遭「改頭換面」，只記得用了菊池桃子的相片。當時家兄有買《新時代》雜誌，自然方便我在雜誌中挑選相片作封面了。

不過，這個以日本偶像大頭相片作為教科書封面的潮流，很快就完結。我想因為此舉其實頗為麻煩，又要剪貼又要再用包書膠包好，一張相用足一年無得換。因為種種的「先天不足」，這個潮流維持不久。後來明星閃卡出現，這潮流倒是歷久不衰。

除了一張張可愛的日本女明星俏臉，吸引了少男少女的目光，還有一位日本男偶像對香港的年青人，特別對男孩子影響極大。哪一位？就是八十年代日本歌壇紅透半天邊的頭號人氣偶像近藤真彥（Matchy）。我是讀男校的，校風尚算純樸，但是升中三那年，班中不少同學電了髮，髮型都與近藤真彥相若！當時人稱「Matchy 頭」，髮型是短髮但是額前的頭髮電了不少小圈。中學生電髮，無論當年或現在，大多數學校都不容許的；但當時學校裏不知道有多少人電了「Matchy 頭」，每班總有三五個，最後學校竟然隻眼開，隻眼閉，沒有處理。眼見這麼多同學電「Matchy 頭」，呆頭呆腦的我卻沒有膽量去試，加上有自知之明，只好遠遠地看同學們的髮型如何電得又型又靚。我想當時實在太多同學都電「Matchy頭」，老師要逐一處理實在太困難了，所以學校最後以不變應萬。因為潮流會變，同學的頭髮會長會直，「Matchy頭」亦隨時間慢慢消失。昨日興「Matchy頭」，今日流行韓仔頭，歷史是不斷重複的。

還有，不得不提八十年代年青人的衣着服飾；年青人深受日本文化的影響，大家都愛穿蝙蝠袖、蘿蔔褲。大家要知道無論任何年代的年青人都愛追逐潮流，我也不例外。中三升中四那年的暑假，要買新校服，這次是一個大好機會，讓我在學校裏也可趕上潮流。現在想來其實有點傻，在男校校園裏穿得多型都是浪費，給誰看？給老師看，還是男同學看？哈哈，自己看吧！

筆者與電了「Matchy頭」的男同學（左）合照

我讀的中學，既沒有校服供應商，又沒有標準校服的模樣；所以我們買校服好方便，只要顏色相同，不太誇張便可以。膽小的我，不敢太過分，沒有買蝙蝠袖白恤衫，只買了一件正常的上學白色恤衫，若穿蝙蝠袖白恤衫回校上課，覺得有點像在舞台上做表演。無論如何，中三升中四的我抓緊換新校服的機會，決定買一條小蘿蔔褲，與同學們一起迎合潮流。記得當年在炎炎夏日下與同學一起去旺角女人街買校服褲，女人街的檔口掛滿不同顏色的大小蘿蔔褲，流着大汗的我在攤檔前前後後反覆觀察，最後下定決心揀了一條淺灰色的小蘿蔔褲。當時我真心覺得好型，但現在回看中學舊相片中的我，上身普通白恤衫下身小蘿蔔褲，再加上一個普通的髮型（非「Matchy 頭」），我總是感到怪怪的。

過去的美國風、東洋風，現在的韓國風，而未來會吹甚麼風？沒有人知道，我們只知道世界是不會停下來，人與事不斷變化，有重複的、有創新的、有不變的。我們的回憶是不變，八十年代的東洋風風靡萬千年青人，那烙印到今時今日都在我們的心裏。

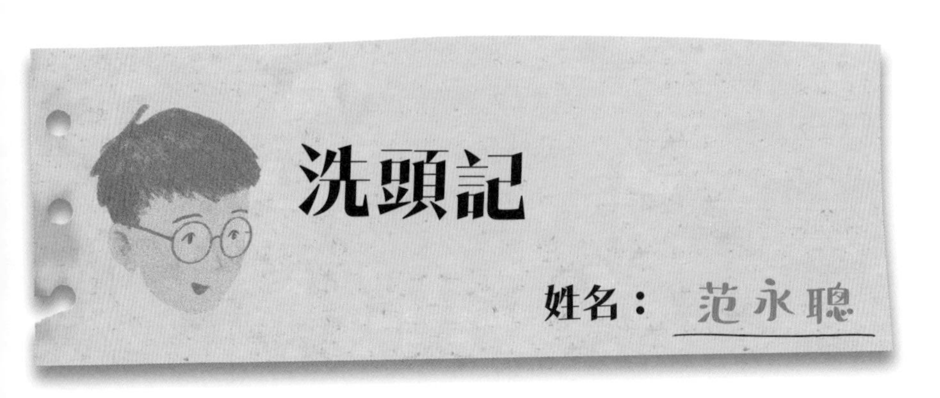

洗頭記

姓名：范永聰

洗頭，日常生活指定動作之一，大抵人人如是，沒有甚麼特別。那麼，有甚麼好「記」呢？如果在一個令人意料之外的地方洗頭——例如在學校洗手間內的洗手盆；由一位令人意想不到的人士替你洗頭——例如是校內老師，甚或訓導主任；並用一種令人始料不及的清潔用品來洗頭——不是洗髮露，而是洗潔精……那麼，應該可以一記了吧？

如此「有趣」的事，發生在 1987 或 1988 年吧？確實日子已記不清楚。那時，我在沙田區內一間頗具名聲的中學唸中三。學校是非常好的，大部分同學成績優異，品格端正；校長與老師們更是春風化雨，用心教學。只是，非常遺憾，那時的我不夠好，還未懂得珍惜學校的好。

1980 年代末期，不只洗頭是日常生活指定動作之一，「Gel 頭」也是。「Gel 頭」不是成年人專利，學生也要「Gel 頭」。我對讀書沒有多少心得，「Gel 頭」卻有點經驗。「Gel 頭」非常重要，人當然要注重儀容。儀容處理不好，人際關係自然差；人際關係差，怎樣在學校這個非常講求人脈關係的場所生存下去？何況，校內充斥着大批妙齡美少女，對於某些不學無術、不務正業而又

處於青春期的男生來説，「Gel個靚頭」比讀好書重要得多了。

要「Gel好一個頭」，當然需要些利器幫助。工欲善其事，必先利其器啊！這是硬道理，沒有討論餘地。那時熱衷「Gel頭」的男生們，經常會在課餘時間聚在一起，討論一下消費者最關心的問題——市面上五花八門的Gel與美髮定型水的性價比問題。當然，較為專業的男生還會注意到髮質與Gel及定型水之間的微妙互動關係。不過，我關注的比較簡單，就是定型水的持久度。畢竟上學的時間很長，由早上八時至下午三時十分——有時放學後還要參與一些課外活動，在校內見女同學的時間大概比見媽媽還要多啊！如果我Gel了一個很不錯的髮型，但定型水的持久度不足；上午時是一個「型頭」，到下午整個髮型崩潰了，那怎麼辦？豈不丟人現眼？

幾經搜索和試驗，也聽取一些帥哥的寶貴意見後，我最終選取兩隻以造型持久力著稱的定型水：KM和Final。（為免被指此處是「植入式廣告」，刻意遺漏品牌關鍵英文字詞，懇請尊貴讀者們注意和體諒。）經此兩種品牌加持的髮型，具備神盾妙效！就算遇上有如溫黛或山竹再世的超級強風，髮型也絕不崩塌。

有別於現今普遍流行的「韓男式」瀏海髮型，那時我們都比較喜歡把頭髮Gel高；有些同學甚至會Gel一個活像賭神般的「All Back頭」。我們深信，如果可以Gel一個像Leslie那樣的帥氣髮型，那麼人際關係方面一定如有神助——可惜大家都忘記了一個事實：Leslie就算完全沒有Gel頭，也絕對是頂級美男子；我們就算有一個頂級髮型，也只不過是一班乳臭未乾的「死嚫仔」。

*　　　*　　　*

如斯追逐潮流及普世審美價值觀念的頂級髮型，當然不容於恬靜樸素的校園。經過多次屢勸不改後，在一個風光明媚的冬日上午，自信Gel了一個「持久的神盾級型頭」的我，昂首回校，一心想着如何迎接來自萬千少女的青睞，以及摯友們出於妒忌的忿恨。然而，一如大眾所料，反高潮的一幕適時來到。

甫一踏進校門，面帶笑容的訓導主任已把我帶到男生洗手間內，紆尊降貴地親自替我洗頭。為了洗掉那神盾級定型水，訓導主任除了加強雙手洗刷的力度外，還適量加入超強洗潔精——我深信他不是刻意這樣做的，試問學校裏怎會藏有品質上乘的洗髮水和護髮素？清洗完畢後，訓導主任還微笑着、非常親切的跟我說：「讓我看看啦！現在不是整潔了嗎？」

訓導主任揚長而去，我獨自留在洗手間內，看着鏡內的自己。濕透的髮腳尚在滴水，最要命的是，額前滿是崩塌下來的頭髮。請緊記！在那個時代，瀏海不是帥，是土！還是很土！更慘絕人寰的是，我的樣子萬萬不能配瀏海髮型，因為那將會是土上加土，萬劫不復！

良久，我低着頭返回班房，在自己的座位坐下。期待的歡呼聲沒有，隱約聽到的是竊竊私語和嘲笑聲。那神盾級定型水還不是廉價貨色來啊！竟然一下子付諸東流。此事以後，我上學不再Gel頭。在學校內「被洗頭」實在太難堪了，定型水也實在太昂貴了。不過，我也暗暗立誓，將來不受約束，我定必每天「Gel個靚頭」才出門。

然而，人生總是充滿諷刺。三十多年過去了，今天我仍然注意儀容，也習慣Gel頭出門。不過，對於儀容的看法有些不同了——我相信整潔就好。Gel頭、洗頭都是日常必須的勞累循環，人生如能盡量活得舒坦，就是美事；學習率真而不加矯飾，也算是斷捨離的重要鍛煉呢！

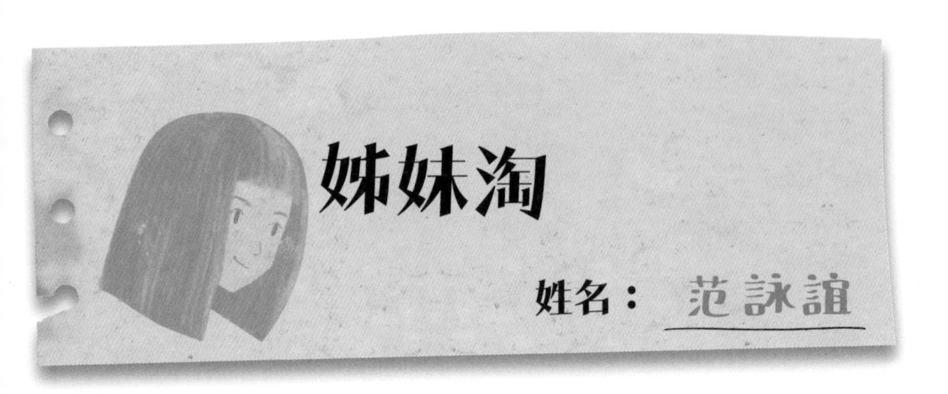

姊妹淘

姓名：范詠誼

我就讀的中學是一所男女校，不過熟絡的男同學極少，和他們的交集多只限於「公務」；當然，偶然也會閒聊一下喜歡的歌手、歌曲，但僅此而已。而我跟女同學的關係就好得多，與不少女生都頗談得來，當中幾位更堪稱是我的好姊妹；其中一位，就是阿雅。

阿雅是我中二的同學。她給我的第一印象是一位容貌清麗，舉止斯文的女生，不過，認識久了，漸漸發覺她也有可愛的一面。她在緊張的時候，手腳便會僵硬起來，這時的步姿會像機械人一樣；有時，她會故意壓低說話的聲音，頓時聲線便活像卡通人物一樣，煞是有趣。我一直都很想進一步認識她，但卻苦無機會。

一天，機會來了！那是一個烏雲密佈的翳悶初夏，天空累積了一整天的濕氣，終於按捺不住，在放學時份開始下起傾盆大雨來，沒有帶雨傘的同學都狼狽不堪，紛紛邀請有雨傘的遮他們一程。這時，我發現阿雅也是沒有傘的一員，便主動提出送她一程。她的家離學校不遠，步程在十分鐘之內。已經忘了在這十分鐘內我們聊了些甚麼，反正自始之後，我們由「十分鐘的朋友」，漸漸熟絡，開展了我們「落雨擔遮」的幾十年友誼。

自始，我、阿雅和各自的好友慢慢玩成一塊。我們在體育課化身成一雙雙的舞伴學着跳華爾茲；在小息時圍在小食部旁喝着維他汽水或者熱維他奶；在測考日一起努力溫習，相互問書；不方便的日子裙子弄污了，幾個同學變成保鑣護送她到洗手間清潔。下課後大家也是形影不離。夏天，我們會逛逛商場吹吹冷氣；冬天，迎着凜冽的北風一起去便利店享受一杯熱朱古力。偶爾的星期五放學還會去學校附近的「麥嚐嚐」吃個下午茶，然後談着不着邊際的無聊話。

*　　　　*　　　　*

中學階段，我一直認為學校裏的人際關係可以分為「同學」和「朋友」兩種，而兩者是有分別的。同學是星期一至五上學日一同上課的伙伴；而朋友則是在課餘時間，你也會與她黏在一塊的。我和這些好姊妹當然屬於後者。做Project、為體育課排練舞步固然不可少，但休閒的活動更是教人期待：相約去買書包、買衣服、逛旺角、看電影、看演唱會、去圖書館、去唱K、去大學的開放日、去郊遊……

在眾多的休閒活動中，有兩次經歷特別有趣。1989年12月25日，聖誕節，我們一班為數六、七人的好姊妹搞了個「大嶼山貝澳之旅」。那是一個不算嚴寒，但也頗寒冷的冬日。我們一早出發，到埗後便開始「起爐」。應該是姊妹當中有起爐能手吧，一切都很順利。我們邊燒烤，邊閒聊，我們沒有安排甚麼集體遊戲，一切就是那麼自然而然。東西吃完了，風好像又大了一些。這時，有人說：「時候不早了，我們要起程回家啦！」另一人回道：「是啊！我要趕回家看《天涯歌女》第一集呀！」其他人陸續和應，於是我們便收拾細軟，起程回家了。

另一次經歷應該發生在中四、五的時候。我們幾位姊妹淘山長水遠的從沙田出發，前往香港大學參與開放日。開放日的活動倒是沒有深刻印象了，但我心中的大學夢卻開始點燃，當下立下決心一定要成功入讀大學。

開放日完結，「大鄉里」的我們不懂乘車，折騰了一番才到達地鐵站，我和另一位好姊妹阿花更要趕回沙田大會堂看她偶像有份參演的話劇——進念二十面體的《教我如何愛四個不愛我的男人》。險些遲到的我們只夠時間極速在麪包店買個麪包，然後狼吞虎嚥的吞下。入場後，只見演員們在舞台上跑來跑去；完場後，完全不明白話劇想表達些甚麼。不過沒關係吧！我由始至終都抱着「陪太子讀書」的心情來的，阿花看得開心才是最重要。

常言道中學的好朋友會是一生的好朋友。我中學的一班好姊妹，有些在年月中似是慢慢遠去了；但確實，我與人生中兩位知己的緣分始於中學，我們一起經歷人生的欣喜與憂患，順境和逆境。我確信我們的緣分會一直、一直的延綿下去，無論是我們心意一致的日子，還是意見相左的時候。

初中新體驗——校園午餐記

姓名：范永聰

我唸小學的時候，還沒有「全日制」這回事，學校分為上午校和下午校，共用同一個校舍。一般來說，上午校同學放學後回家午膳；下午校同學在家吃過午飯後才上學。總之，當時的小學生，大抵不需要在學校內解決「午飯」這個問題。

升中以後，新體驗來了。首次嘗試「全日制」上學形式，早上八時正前回到學校，下午三時十分左右放學，中午要吃頓午飯。我唸的中學鄰近我家，從家中出發前往學校，高速步行絕對不用十分鐘——身體狀態好的話可以在七分鐘內完成路程；加上那時家境不算太好，媽媽早就為我做好決定：每天中午回家吃飯，吃完之後回校繼續下午的課。這樣一來，可以省卻一筆午飯費用，畢竟每天中午吃頓飯也花費不少啊！何況，身為全職家庭主婦的媽媽總是覺得，經常在外用膳不太健康，回家吃午飯，正是一舉兩得。

唸中一至中二那兩年，我對這種生活形式沒有多大抗拒。雖然，炎炎夏日之時，從學校回家吃飯後再回校，這一來一回的路程足以令我汗流浹背，我也早已習以為常。不過，久而久之，經常在中午看到要好的同學們聯群結隊外出「覓食」，而我往往孤獨地步行回家午膳，失去好好利用午飯時間跟同學們聯誼的良機，令我頗感不是味兒。

好，我要嘗試向媽媽提出訴求，希望至少爭取到每星期有兩天可以不回家吃午飯。

*　　　*　　　*

「也可以試試的。的確，你也慢慢長大了，似乎真的需要偶爾與同學一起午膳，聯誼一下，學習交際應酬。那麼你星期一、三、五回家吃午飯吧；星期二、四你跟同學吃啦！」萬歲！媽媽真好！真的深明大義。

「每頓午飯，給你港幣六元，足夠的了。」甚麼？六元？媽媽究竟知不知道外出吃一頓飯要多少錢？六元？她是在玩弄我吧？

媽媽當然熟知市價。那時我唸的中學，跟一家食物供應商合作，為同學們提供廉價飯盒。每天中午午飯時間，供應商會用客貨車運送大量飯盒到來學校，每個飯盒售價港幣五元正，真是廉價非常。那時候的大眾環保意識還沒有像現在那麼高漲，也不知道是飯盒供應商高瞻遠矚，早就大力支持環保理念；還是因為出於成本控制的考慮，他們使用的是不鏽鋼飯盒，同學用膳完畢後，要把不鏽鋼飯盒交回指定收集處，供應商會收回所有不鏽鋼飯盒，清洗乾淨循環再用。我們不少同學都是這種飯盒的忠實粉絲，畢竟它售價確實非常吸引；部分長期顧客更為它起了個親暱名字：「鐵飯盒」。「喂！今天午飯吃甚麼好啊？」「還有甚麼可選擇呢？我今天身上就只有十元八塊，還不是吃『鐵飯盒』算啦！」這是午飯時候在校園內經常聽到的同學們之間的日常對話。我媽媽當然知道「鐵飯盒」這物事；每頓午飯給我六元，已是皇恩浩蕩了吧！跟同學們一起吃個「鐵飯盒」，也是一種聯誼活動來啊！

價廉一定有原因，「鐵飯盒」雖然絕不物美，但味道還算可以。它之所以廉價，我深信是因為可供選擇的飯盒種類太少，印象中經常都只有兩款飯盒提供。我這些手腳較慢、行動遲緩人士，每當午飯時間的鐘聲響徹校園，慢條斯理的我才收拾課本，緩緩前往戶外操場購買「鐵飯盒」，遠遠已能看到正在排隊等候購買飯盒的人龍；到我購買的時候，往往已無選擇餘地——對我來說其實也沒所謂的，吃飯只是為了裹腹，吃飽就可以了。「鐵飯盒」經常極速沽清，比我更慢的同學們購買不了飯盒，惟有立即改用 Plan B，前往學校附近的食肆「覓食」去了。購得「鐵飯盒」的同學們，三三五五的聚在一起，有些同學拿着「鐵飯盒」到籃球場旁邊的長椅處坐下來，邊看着別人打籃球邊吃飯；有些同學索性坐在花槽旁邊談邊吃，一時之間，校園處處都是在享用「鐵飯盒」的同學們，可謂盛況空前。

「鐵飯盒」給我最深刻的記憶，是粟米和肉粒——事實上這記憶可能不是「最深刻」，而是「唯一」。由於行動力太低導致經常喪失選擇飯盒款式的權利，同時不知何故廣大同學們都不喜歡粟米肉粒飯，我印象中每一次打開「鐵飯盒」，內裏盛載的都是滿滿的黃色加白色的粟米肉粒飯。對我來說，「鐵飯盒」與粟米肉粒飯之間，是一個「等號」。雖然我對午飯的要求頗低，但過於頻密的粟米與肉粒，仍令我有丁點生厭。

*　　*　　*

升讀中三以後，我開始向友人們打聽學校附近的餐廳收費如何，嘗試擺脱粟米肉粒。得出的結論是，我校同學們如果要解決午膳問題，可按各自的消費力分為三個不同等級的解決方案——一、上等人：普遍選擇位於學校正門馬路對面的「新X田」西餐廳用膳，這家店的午飯套餐包括餐湯、餐包、主菜及餐飲，收費港幣十五元，菜式選擇較多，味道不錯，缺點當然是收費比較高昂——但最大的缺點還不是收費問題，而是這家店往往是學校老師們的午膳首選。同學們午飯時聚在一起，難免會談論大家的老師吧？試想想當你談得興高采烈之際，你跟同學談論中的老師適時出現，並坐在你附近，情何以堪？

二、中等人：大多數消費力中等人士，都會光顧散佈於學校附近的三大公共屋邨購物商場內的茶餐廳，各家茶餐廳提供的午飯套餐活像「公價」似的，印象中是港幣九元至十元左右，同樣包括餐湯、餐包、主菜與餐飲，只是質素稍稍遜於上等人餐廳和老師飯堂而已。

三、下等人：不用多說啦，留在學校吃粟米肉粒飯的就是了。事實上，還有更下等的——我偶爾也在這層，如果那一陣子多吃了零食，惟有在正式午膳時遷就一下，所謂「拉上補下」，到學校小食部吃一個魚蛋即食麪，售價好像是港幣三元五角至四元左右。當然，完全依據同學們午膳時所光顧的食肆，來判斷他們的「消費力等級」，只是一個極不科學的玩笑結論而已。我有一位頗為要好的同學，他接近每天都只吃魚蛋即食麪——有時連魚蛋也不加，售價好像是港幣二元五角，但他所居住的卻是區內知名的大型私人屋苑。

回想起來，媽媽其實待我真好呢！基於家庭經濟實況，我當然不可能輕易擺脫那「鐵飯盒」。但是，媽媽她盡了全力，讓我能嘗試一下不用回家吃飯的生活，還特

意讓我偶爾告別「鐵飯盒」。「鐵飯盒」售價五元一個，媽媽卻給我六元，每次我購買一個「鐵飯盒」，都可以「賺取」一元差額。集腋成裘，累積光顧四至五次「鐵飯盒」，我就儲夠彈藥，可以享受一次中等人的午飯套餐。那種因為積累與付出，才最終得到的感覺，真是特別難忘。

至於要做上等人，真箇難度較大。回顧整個初中生涯，好像只有幾次光顧「新X田」西餐廳的經歷。其中一次最是難忘，中三篤定被淘汰以後，將要離開待了三年的母校，當時前路未明，心想大抵再也沒有機會光顧這家餐廳了，好歹也要去吃個「告別飯」，留點回憶。「新X田」也許是我年青時其中一個重要情結；後來過了很多年，當我的經濟能力有所改善時，經常特意光顧這家餐廳，源由大概於此。「新X田」早已結業了，餐廳原址數度易手，雖然仍然是經營飲食生意，變化卻非常大，正是桃花依舊，人面全非。

我今天仍然時常途經母校及「新X田」所在的沙田乙明邨，這一帶是我下班乘坐巴士回家時必經之路。每次途經的時候，那可能是因着一頓午飯而糾結的、難以梳理的紛雜回憶，偶爾仍然令我陷入無盡的懷緬之中。

以下是某位成長於上世紀八十年代末、九十年代初的中學生某週的 lunch 日常……

星期一　陰

一週容易又週一，在這個心情鬱悶的星期一，連吃 lunch 的心情也暗沉下來。小息時與花、雅、敏等「飯腳」草草決定今天一於吃車仔麪吧！街市某車仔麪檔是我們星期一常常光顧的食肆。我們點好麪底（米粉或油麪）、餸菜（大家都愛魚蛋、豬紅和生菜）後便在簡陋的「堂座」等吃。車仔麪的味道是我難以抗拒的滋味，也連繫着更童年的點滴回憶，因為小時候唐樓居所下座落了一列路邊麪檔，那股混雜着各種食材的香味有若細細的絲，總是勾引着我的胃和喚起吃的慾望。聞着聞着，心情竟然慢慢開朗起來。正吃着麪，突然，雅呢喃：「隻腳好痕呀！」隨之邊大叫邊跺腳：「甲甴呀！救命呀！」我們都九秒九的彈開，只見老闆娘不慌不忙，卻又敏捷的抓起掃帚，「啪」的一聲，大蟑螂已然奄奄一息，橫陳在那濕答答的街市地面上……

星期二　晴

小息時，花説舊商場那邊新開了一間茶餐廳，她建議我們今天試試。甫坐下，我們便瞬即點自己喜歡的碟頭飯。等待碟頭飯上桌期間，花托着頭抱怨：「新來的 X sir 好像教得很一般嘛！」我認同：「如果是舊年的 Mrs Y 教就好了。你看，X sir 要我們間書，最後竟然只得幾句不用間，那究竟重點是哪裏？」説着説着，我們發現距離點餐已經過了接近半小時，午膳完結時間也快到了，我們不斷催促，最後我們的飯終於來了。三扒兩撥地將飯吞下便趕忙埋單回校，掏出錢包，不好了！竟然不夠錢！沒可能的！點餐時明明計算過，不可能不夠錢的！擾攘一番，終於搞清楚狀況，原來我們誤將「一般餐」當成「學生餐」！怎辦呢？再不走我們會遲到的！老闆娘見我們漲紅了臉、不知所措的狼狽相，便道：「你們先回校，改天才來找數啦！」幸好，今天出門遇貴人！

星期三　晴

今天班主任 Miss Tam 約了全班在 lunch 開班會。下課鐘聲響起，我們便快步疾走至街市買飯盒。我們挽着盛載叉雞飯的膠袋，不忘再到豆腐舖追加一個豆腐花。左一袋右一袋的回到學校，在校園一隅的長椅上匆匆吃過飯盒，之後再細細品嘗拌着黃糖的豆腐花。每次吃着芳香軟滑的豆腐花時，敏總是皺着眉，怔怔的看着我們。「敏，食啖試吓啦，真係好食㗎！」我説。花道：「算啦，佢每次食完都肚痛，唔好引佢啦！」不知是生來對豆腐敏感，還是她腸胃不夠我們強壯，敏每次吃完都會上吐下瀉。真可惜呢！因為我從來都以為，飯盒只是用來填飽肚子，豆腐花才是主角呀！「飯盒日」在豆腐花加持下圓滿的結束，我們捧着圓鼓鼓的肚子回課室開班會去了。

星期四　陰，微雨

今早到校後發現忘了帶一本下午要用的書，小息時打了一通電話回家告訴媽媽我要在lunch回家取書，順便在家吃飯。因學校與家中距離不算短，所以午膳鐘聲響起後，我便快步至巴士站乘車回家。今天車很久也不來，我到家時，lunch淨餘的時間已經不多，匆匆吃完媽媽煮的「愛心住家飯」，我便取回要用的書，準備離開。突然，媽媽看着我，欲言又止的，對我說：「誼，話你知一個消息，你要冷靜……你好鍾意嗰個『威打時』散Band喎！」「吓！Raidas散Band？」「係呀！今日報紙講㗎！」我真的不能接受這晴天霹靂的消息，我哭了！但時間趕急，我沒有在家繼續哭的奢侈，我只好帶着我的書，以及一雙含着一泡眼淚的眼睛，趕緊回校上下午的課了。

星期五　晴

Raidas散Band了，今天我仍未能接受這震撼的消息，才出了那麼兩、三張唱片，為甚麼？為甚麼？花她們見我垂頭喪氣的，小息時搭着我肩膀，對我說：「誼，唔好唔開心啦！我哋今日lunch去食好嘢！」雅和應：「一於將你嘅Blue Friday變成Happy Friday！」她們最後帶了我去平時很少光顧的某某西餐廳。吃一個set lunch是不便宜的，不過今天就豁出去吧！點的餐上桌了，赤紅的羅宋湯與散發香濃蒜蓉味的鬆脆麵包是鶼鰈情深的絕配。我和敏喜歡將麵包蘸着紅湯一塊吃；花喜歡將蒜蓉包撕成小塊再混進紅湯才吃；雅卻永遠喜歡規矩的吃完麵包才慢慢將紅湯送進嘴裏。主菜到了，吃意粉時總是狼狼狽狽的，長長的意粉總是難以駕馭，花每次都教我用叉子將意粉捲起來送進嘴裏。奇怪，吃着焦脆的蒜蓉包、赤紅如火的羅宋湯，還有好像可以圍繞地球一周的長意粉，心中隱隱作痛而又空洞了的部分仿如被某些東西填補了。埋單了，花嘴角上揚，豪氣的對我說：「今日我哋請！」我看着她們幾個人骨碌碌在轉動的眼睛，我的眼眶溫熱起來……

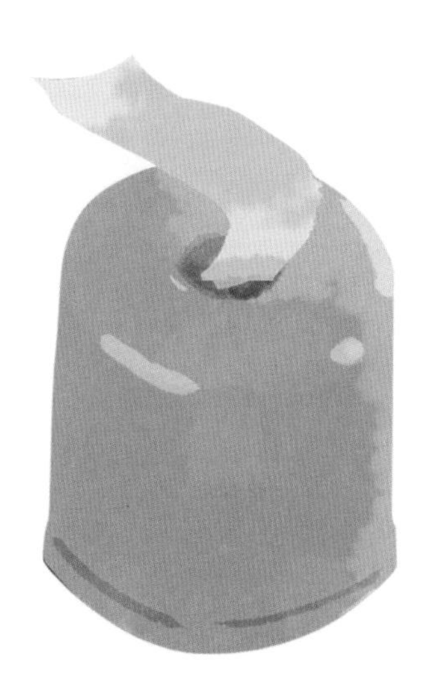

豬紅麵情結

姓名：范永聰

豬紅麵——一大碗幼麵加上若干優質的、不會「鬆泡泡一夾就散」（註：超精準神級形容劣質欠口感豬紅，語出周星馳的《食神》），曾經是我最愛的食物。更重要的是，港幣八元一碗，「加底」（註：恐防親愛年輕讀友們不懂何謂「加底」——特此說明：「加底」即多加一個麵餅之意）也只盛惠九元五角，十元有找，卻足以果腹，解決貧苦中學生一頓午膳問題。

*　　　*　　　*

1988 年，我經歷有生以來最活該而慘痛的教訓——「中三淘汰」。年紀較輕的讀友們可能不知道甚麼是「中三淘汰」；今天唸中學，基本學制是從中一唸至中六，然後參加「DSE 公開試」，順利的話便考進大學。如果大家一直克盡本分，沒有干犯大錯；也沒有因為特殊原因而辦理轉校事宜，一般來說也是在同一間中學唸書，而且往往一唸就是六年。叔叔年輕時學制卻大有不同，我們那個年代，一般中學課程是七年制（註：大學是三年制，但也有六年制中學加四年制大學同時並行），中學生要闖過三大關口，才可考進大學：一、「中三淘汰」——聽前輩所言及考之於歷史，再年代久遠點的中三同學們要參加「中三淘汰試」（官方名稱是「初中成績評核試」），考試慘敗的同學將不

能升讀中四；二、「香港中學會考」（即經典的HKCEE），供全港中五同學參加，成功通過的同學可以升讀中六；三、「香港高級程度會考」（即瘋狂的HKALE；有相關應考經驗的老人家通常稱之為A-Level，是很多人一生最大的夢魘之一），如果也成功通過了，那麼將會得到神之祝福，成為所謂「天之驕子」——大學生。

慘絕人寰的「中三淘汰試」於1987至1988學年取消，不少學校參考中三同學的校內成績，藉以決定他們去留。那個時代，大部分中學的初中部（中一至中三）都採用六班制，但中四至中五卻只有四班（註：中六至中七往往只有兩班，足見競爭激烈程度）；換句話說，六班中三同學之中，將有兩班同學——接近八十人左右，需要接受被淘汰的厄運。

雖說是厄運，但這厄運也往往是自找的。初中足有三年之久，我選擇有書不讀，差不多所有心思都花在足球、單車、電玩、桌球、漫畫、遊山玩水，甚至發呆之上——這些都不算是不良嗜好，但任何興趣耽溺至誤了正事的程度，總生弊端。到了中三下學期開始，我才突然驚覺將要面臨淘汰的厄運。很多玩伴都早在升上中三時就改過自新了，我卻後知後覺，發現大家都好像有點明顯改變，才願意多花丁點時間認真學習。

其實我也不至於完全無心向學。記得初初升讀中學時，我對自己頗具信心。我唸的小學非常不錯，而且我在校內的成績也算是名列前茅；我升讀的中學是我所選的「第一志願」，而且該校在區內也屬上佳學校。然而，我在中一上學期的考試竟然一敗塗地——成績表上有兩科不合格：中國歷史和世界歷史；其他科目全部剛剛合格，全班四十二位同學，我名列第四十一！信心頓時崩潰。之後，我可不是完全放棄讀書，我深以中國歷史和世界歷史兩科不合格為恥，從中一下學期開始，我不斷在圖書館借閱中文歷史書籍，甚至看出了濃厚興趣，中國語文的讀寫水平也得以提高。即使在此後沉迷玩樂的一段時期，我也保持每天閱讀歷史書籍的習慣。然後，我的成績慢慢出現重大改變：中國語文、中國歷史和世界歷史的成績邁向上佳之境，但其他科目除了英文科能保持合格以外，全部在成績表上呈現血紅。於是，我於班中的成績序列沒有明顯改變，仍然在最後五名之間徘徊。

1988 年盛夏，我逃過必須參加「中三淘汰試」的夢魘，卻怎樣也逃不過被淘汰的厄運。班主任劉衛林老師把全年總成績表交給我，微笑着鼓勵我說：「永聰，雖然成績真的不理想，不能留在本校升讀中四，但由於我們學校在區內屬於上佳中學，即使在本校成績不理想，仍然有很大機會在區內其他學校升讀中四。你盡快去找適合自己的學校吧！千萬不要輕易放棄。」——這個「畫面」，我到今天仍然記憶猶新。甚至劉老師對我說這一番說話時的情景和語氣，我仍然歷歷在目！老師的聲音言猶在耳！

劉老師是一位非常儒雅的老師。記憶所及，老師那時好像剛剛來到我們學校執教，除了擔任我就讀的中三班別班主任外，還教導我們中國語文一科。劉老師講課時，會自然散發一種獨特的儒者風範——那時我當然還沒有足夠學養了解老師身上這種「氣場」，只覺得老師特別斯文，授課時非常吸引，極具魅力。回想起來，我那時開始喜歡中國傳統文化，當受老師薰陶不少。老師除了博學多才、熱心教育、關愛同學，還孜孜不倦，力求上進。

雖然我生性害羞，加上自覺對不起老師的悉心教導，在離開學校以後便不敢主動與老師聯絡；但後來得悉老師繼續進修，努力不懈，現今已是一位名重士林的學者和詩人，作為學生實在與有榮焉。幾經轉折，學生在超強運氣加持下，今天竟也萬幸能在大學裏工作。老師當年諄諄教誨，學生定當銘記，絕不輕言放棄。

拿着那慘不忍睹的成績表，我聯同若干失意同學，離開母校，出發尋找「新大陸」——我後來回想這段經歷，真的如「發現新大陸」一般。我們都憧憬「新大陸」，總是覺得它存在，但又未必擁有真憑實據；只有心存無比勇氣又不會輕言放棄的人，才會奮力追尋自己確信存在的「新大陸」。人總是樂觀地相信運氣會站在自己一方，支持自己到底；到真正面臨失敗，才懊悔自己不肯依靠具體而實在的努力奮發，卻沉迷相信虛幻的運數。

然而，我必須承認，我和我的同伴們真的擁有空前運氣！就在距離我們母校二十分鐘步行行程的一個公共屋邨旁邊，竟然開辦了一所新學校，它正在招收新學年的中一與中四新生。換句話說，這間新中學並沒有中三學生，該校中學四年級四個班別，合共約一百六十個學額，將全數給予全港所有被淘汰的中三同學申請。結果，我和我的同伴差不多全數被順利錄取，成為這間學校的中四級學生。我衷心感恩這空前好運的突然降臨——雖然我在劉老師手上接過成績表後的一剎那，確實想過放棄唸書。幸好我「跟大隊」地跟從同學們尋找學校，又萬幸的成功覓得一個中四學位。在雙重好運加持之下，我總算能對父母有個交代。

*　　　　*　　　　*

新學年、新學校、新景象。那確是一幕盛況空前。我跟我的伙伴們，成為新學校中四級別內的一大「勢力」。同級除了我們之外，還有另外兩股龐大「勢力」，三大「勢力」鼎足而立，時而抗爭、時而融和——畢竟相互認識需要時間。造成這種有趣現象的原因是，那所謂三大「勢力」，其實就是區內三間成績上乘的中學舊生，他們於中三被淘汰後，不約而同來到這間新學校尋求中四學位。雖然他們都是「被淘汰分子」，但挾着母校的顯赫名聲，最終也萬幸得到學位。

由於尚需時間與其他新同學磨合，午飯時我通常仍與母校舊生為伍，一起外出用膳。我們學校附近也算食肆林立，但不知何故——可能出於一種難以消除的慣性，即使午膳時間只有一小時十分鐘，但我們仍然經常花上接近三十分鐘的急步來回時間，前往母校附近的大牌檔吃麪。那家麪店的豬紅麪，就是我的最愛。差不多每次光顧，我都獨沽一味，只點豬紅麪——經濟環境好些的話，添加兩顆總值一元的魚蛋；條件不許可時，寧欠魚蛋也不能沒有豬紅。

那家麪店的豬紅真的一絕，有時上午上課時已在想着那豬紅——雖然這或許是我再次無心向學的藉口，但真的隱約嗅到它的氣味。午膳時間一到，立即結伴前往品嘗。在那來回麪店的路途上，我們必定途經母校。我經常凝視母校校園，看着同學們在球場上打球，看着以往三年間我曾經短暫停駐的課室，甚至會看到位於學校最低層的木工室，想起我初中時代的終極夢魘——木工課。有些時候，剛巧還會遇上我們曾經的同學，他們努力不懈，成功爭取留在母校升讀中四，仍然穿着母校的校服，外出用膳。我們也是中四學生

啊！穿着的卻是別間學校的校服了。這是一種極端難以說明的感覺，當中糾結着很多複雜、矛盾的感受。懷念？眷戀？後悔？不忿？悲痛？執着？所有情感詞彙全都用上，仍然未能百分之百精準地形容那種感受。我今天仍然酷愛豬紅這種美食，在那豐腴美味之間，隱藏着一份我不能捨棄的成長情結。

然而，這份情結不單只聯繫着我對母校的感情，也包含了我慢慢融入新學校生活的經歷。新學校給予我的，不只是一個珍貴的中四學額，它給予我兩年時間，容許我慢慢重新認識自己。這裏除了擁有一個嶄新校舍和一群來自五湖四海的新同學，還有為數不少、抱持崇高教育理想的年青老師。他們有學養、有抱負、有愛心。我慢慢在他們身上找到自己的理想，令這兩年寶貴的學習歷程，變成我人生重大轉捩點之一。此間大有文章，為了隆重其事，必須另闢一章，娓娓道來。

一碗價值不到十元的豬紅麪，除了那「不會鬆泡泡一夾就散」的豬紅外，還竟然附帶如此綿密和富有口感的濃烈情結，超值了吧！

「美味的豬紅麵背後，
盛載了很多情結。」
Cola

記兩種上古中學校園流行自創集體遊戲

姓名：范永聰

（PG家長指引：本節內容涉及若干根本不應該發生在校園內的不當行為，年輕讀者們敬請切勿模仿；家長宜應陪同子女閱讀，作出適當指導，並可視之為「反面教材」。）

很多人都會認同，人生最無憂無慮、活得舒坦、無聊輕狂的時光，都在唸中學的那幾年度過。誠然，快樂的時光飛逝，中學生涯一轉眼便成為過去，我們絕不可能記着每一個於中學校園內發生的美麗情景；但如果能夠牢固抓住幾個印象深刻的畫面，閒暇時候於腦海中抽取出來reloop一下，未嘗不是賞心樂事。

尋知識、力爭上游的莘莘學子，在唸中學的時候遇上志同道合的同學，結成好友，於學問大道上結伴闖蕩，固然是一樁美事。尚未開竅、無心向學者如我，於校園內認識同樣無聊瘋癲之輩，縱情享樂，雖然絕對不值得鼓勵，但也不枉輕狂之年。

然而，校園始終是一個認真追求學問的地方，要在如此嚴肅正氣的聖地內尋求歡愉，需要的不只是勇於挑戰校規、校長與一眾老師們的巨大勇氣，還需輔以拋棄前途的堅定意志，復加無窮創意。畢竟校園內不會提供電子遊戲機與桌球枱，要在小息、午飯時間及放學後於學校內找些樂兒，想像力是不可或缺的關鍵元素。

志同道合的荒誕友人，聚在一起，總能創造奇蹟。經歷中三慘遭淘汰以後，我與一群同樣自招厄運的友人，在母校附近找到一所新開辦的中學。憑藉超強運氣加持，我們順利進入該校升讀中四。那時學校裏共有四班中四學生，為數百多人；絕大多數來自區內三間成績與名聲不俗的上佳學校。我們身體內流着相同的血，有着一致的基因，我們都是同一類人——被淘汰的「次等學生」。雖然這都是自己種下的因，理應承受的果，但感覺總不好受。同是天涯淪落人，雖然「三大勢力」之間偶有磨擦——各自召集來自同一母校的舊友們在走廊聚集起哄、互相指罵。但經過長久相處，深入了解，總算慢慢成為好友。大伙兒很快就忘記了險些失學的慘痛教訓，再次沉淪在玩樂之中。

雖然我們不學無術，卻是充滿創意的小朋友。我們「發明」了兩種「上古」中學校園集體遊戲，玩個不亦樂乎——我一直以為這兩種集體遊戲真是我們「發明」的，到了數年之後，進了大學，跟大學的同學說起以往的荒誕歲月，才發現原來同時期香港境內多間中學都流行這兩種玩意，證明天下烏鴉一樣黑，荒謬學生到處是，好一個「多元並生」的民間智慧！又我為何稱呼這兩種校園集體遊戲屬於「古代」物事呢？那是因為我深信現今的中學生不可能沉迷這兩種集體遊戲了。時代演進，科技日新月異，其中一種遊戲進行時所需要的基本物件，現在或許已於大部分中學內絕跡。至於另一種集體遊戲，我相信現今思想如斯成熟和乖巧的中學生，根本就不會玩。

*　　*　　*

先跟大家介紹第一種遊戲，需要用到的遊戲物資非常簡單，

在我唸中學的年代，基本上每個課室內都一定齊備：一個粉刷、一塊黑板、數枝粉筆和若干把懸掛在課室天花板的電吊扇——如果只有一把，也可以進行遊戲，只是刺激程度稍減而已。好了，正在閱讀拙文的年輕讀友們，你們的學校裏有沒有這些「古代」物事？電吊扇還可能有，但黑板與粉刷，大概真的已經絕跡多時了吧？大家日常使用的應該是白板吧？你說這個遊戲是否夠「古代」？

遊戲玩法非常簡單，完全可以用「率真」來形容。首先，我們利用粉筆在黑板上胡亂塗鴉，然後利用粉刷好好清潔黑板。大家也是好孩子，要清潔得徹底一點啊！完成清潔以後，黑板乾淨了！粉刷沾滿粉末。這時，參與遊戲的同學們先各自在課室內找一個位置站好，站好以後就不可以再移動。然後，遊戲進行前已經事先選定的「主持人」，會開動課室內所有電吊扇，並調校至最強風力。萬事俱備，「主持人」會把粉刷拋向高速轉動中的電吊扇，粉刷被高速電吊扇擊中後，會以肉眼難以看得清楚的速度，復加完全不能預測的無定方向，喪心病狂地衝向課室內某一位站着不動的同學！而那位同學被擊中的身體部位，也勢將難以預計——當然，也有可能高速粉刷並沒有擊中任何一位同學。這就是人生！任你如何努力籌謀，結局還是不可預料的啊！

這是一個充滿哲理的集體遊戲！遊戲聽起來有點危險，畢竟會有物事擊中同學身體，但根據曾經不幸被擊中的同學們親身份享感受（我十分幸運，從來沒被擊中），都說只會感到有一丁點被物件撞擊的感覺，不會感到痛楚。畢竟粉刷不是硬物，也算輕巧。萬幸從來沒有同學因為參與這個遊戲而受傷。最刺激的是，如果粉刷在數把電吊扇之間如流星般被撞擊多次才墜下，它的速度會變得更快，飛行軌跡也更難預料，遊戲自然變得更加刺激有趣了。

當然，這個遊戲完全違法，所以往往在小息及午飯時間進行，我們會關上課室大門，並派專人到門外把風，以防老師們突擊拘捕我們。但無論我們如何小心，事實上只有真相才最為細膩。那時我們穿的是深藍色的校褸，冬天進行遊戲時，如果「中彈」的同學忘記清理校褸上的粉末，那就鐵證如山，大伙接受懲罰好了。另一個難題是，並不是所有同學都像我們如此無聊，有些不想參加遊戲的同學，因為未能及時「逃離」班房，我們又太心急開始遊戲（當然有時是刻意迫他們參加遊戲啦，哈哈哈哈哈哈），誤中流彈，我們也深感遺憾（一笑）。不過，偶爾遇着一些女同學本來心事重重，或遇上不如意事，中了粉刷之後大哭起來，大伙兒忙着開解與賠不是，也是不能避免的責任。

*　　　*　　　*

如果用「率真」來形容上述的「電吊扇粉刷」遊戲，那麼以下介紹的這個遊戲，只能用「原始」來形容。這個遊戲更加簡單了，相信五百字內就能完成介紹；而且我深信，在我唸中學的年代，所有有訂閱報紙習慣的中學男學生，都有親身參與過——就算沒參與過，也至少目睹過這個遊戲的進行情景，只是遊戲的激烈程度有所不同而已。

唸中學時，非常流行訂閱報紙。那時很多同學英文科成績不太理想，認為多點閱讀英文報紙，對於提升英語水平總有幫助。於是人人爭相訂閱著名的 South NaNa Morning Post，矢志不移精修英語。結果十分明

顯，報紙送到學校來了，大家都根本沒有看，漸漸地報紙堆積如山。後來，不知是誰首先發現，把報紙捲起來，輕輕拍打同學，也是一個好玩意。被拍打的要報復，逐漸演變成單對單持着「報紙棍」追逐拍打；後來大家都加入遊戲，覺得分組對打更好玩。最瘋狂的是「班際對戰」，同班同學一起前往隔壁課室叫囂，促成兩班對戰。初時大家都只是輕輕拍打，鬧着玩而已；但男生到了青春期，難免激動好鬥，拍打多幾回，報紙愈捲愈粗，拍打力度越來越大，有幾次真的演變成大混戰，甚至有同學不幸受了輕傷，眼鏡爆裂等事也時有發生。大家都忘記了初衷，那報紙訂來，原是為了甚麼？（三百多字介紹完成！）

我真後悔。如果那時每天認真拿着那份 South NaNa Morning Post 細心閱讀，遇有不懂得的英文字詞，好好學習應用，並嘗試模仿一下報章上的英文書寫方式，我的英文水平，大概早有進步，不至今天如此境地。社會或許不公平，大自然卻公平得很。一天只有二十四小時，用來玩樂，還是唸書，同樣也只有二十四小時，不偏不倚。遊玩時開心一點當然好，代價也總不可能不付啊！

西瓜波實戰記

姓名：范永聰

西瓜波——紅白兩種顏色相間、由塑膠製造而沒有充氣設計的低成本球體，大概是不少香港中年男士的集體童年回憶。

它有頗為顯赫的歷史：據說是著名工業家蔣震先生於1959年發明；在香港還沒有「經濟起飛」的年代，西瓜波是絕大多數小孩最重要的玩具。我與它也甚有淵源，作為70後的我，在碩果僅存的十數張兩、三歲孩提時代珍貴黑白照片中，都可看見我緊緊抱着我最愛的紅白間西瓜波。據先父母所說，我自小就已經非常喜歡踢西瓜波——那時家貧，一家四口最主要的假日娛樂，就是到免費入場的維多利亞公園遊玩。每次我都帶同西瓜波前往，跟爸爸一起踢球。可惜，我都記不起那珍貴的畫面了，只能憑爸媽所說，幻想遙遠而無價的童真歲月。

長大後，我仍然熱愛足球。唸小學的時候，跟同學們一起踢球，是最快活不過的事。時代進步，那時候我們已經開始踢皮球了。升讀中學以後，對於皮球更加講究，初時還在踢中國製知名品牌「火X頭」足球，後來英國體育品牌「UmbXo」在香港普及流行，經常一起踢球的那十數位兄弟，每人付出港幣數元，集腋成裘，可以購買一個質量非常不錯的「UmbXo」足球。雖然，有時某君大力怒射，把球踢至球場附近的茂密草叢或小樹林

內，然後足球搜索隊遍尋皮球不獲；又或那天運氣太背，「開波」後不久已有人把球踢出球場外的馬路上，然後大伙兒聽到一聲巨響，已知搶救不及，皮球已在馬路上被高速駛過的車輛「車爆」——通常兇手都是雙層巴士或大型貨車。沒法子，惟有再次「眾籌」購買新皮球。

我一度以為，我與西瓜波緣分已盡，沒想到世事難料，升讀中四以後，竟然跟它重遇，還要與它朝夕相對兩年之久。

由於中三被學校淘汰，我與一些初中友人一起轉到一間新學校升讀中四。那間學校容許同學在戶外操場踢球，但由於「安全原因」——為避免同學踢球時皮球亂飛，傷及其他師生，甚或打破課室的玻璃窗，校園範圍內只能踢西瓜波。西瓜波的最大特點是「輕」——甚至應該用「輕飄飄」來形容，這種特性，確保它屬於「安全球體」，除非閣下懂得日本足球動漫作品《足球小將》內日向小次郎（港譯日向小志強）的絕技「猛虎射球」，否則即使你用盡全身氣力把西瓜波射向課室的玻璃窗，一般都難以造成任何破壞。果然安全得很。

校園的安全是確保了，代價是犧牲「足球員」們的娛悅。西瓜波真的非常不好踢，那種過分「輕飄飄」的感覺，令一切難以掌握。踢了那麼多年足球，花在球場上的時間一定比花在圖書館裏多得很；自問足球上的基本功都算掌握得不錯，但面對那安全十足的塑膠球體，真的很無言。

那時學校裏沒有標準足球場，我們一般都是在籃球場上踢球。籃球場屬於「多用途場地」，差不多所有球類活動——籃球、手球、排球、足球，甚至羽毛球，都在籃球場上進行。這樣其實也不錯啊！手球的球門正好用來充當足球的龍門。不過，有龍門也沒有用。因為任你擁有如何精湛的射術，在踢正常的皮球時每次射門也能命中龍門四個「死角」，到了踢西瓜波時，也勢將毫無用武之地。只要踢球時有點微風吹起，便足以摧毀一切。你用盡全力、對準龍門某一個位置起腳怒射，腳背精準地踢在西瓜波的理想位置上，看着那塑膠球體按照你預想的軌跡向着龍門高速飛去之際，突然間不知從何處吹來一陣微風——注意！不是烈風！只需要是小小一陣微風，那安全至上的塑膠球體立即離開你的預設軌跡，無定向地飛走。如果比賽進行得如火如荼、非常激烈之際，球場上突然刮起強風的話，更加諧趣的畫面就會出現，因為西瓜波被強風吹至「無定向飄移」，大伙兒連把球穩定控制下來也做不到！根本只是在不斷追逐那紅白相間安全球體而已。這不是「踢球」，只是「追球」。不過，那時我們在校園裏沒有甚麼娛樂，男生們又實在太喜歡踢足球了，就算踢西瓜波難以提供真正踢足球的滿足感，也實在聊勝於無。何況，每天回到學校，一有課餘空檔就去追追那西瓜波，日子有功，感覺自己的體能也有所增強。

*　　　*　　　*

數年後，我轉到另一間學校升讀中六。那時發生了一件事，讓我徹底明白，中學校園裏只容許踢西瓜波，似乎也是有點道理——除非你唸的是一些校園內擁有一個標準足球場的傳統名校。我唸預科那兩年，非常慶幸遇上一班同樣熱愛足球的男同學。我們唸的是文科班，一般來説都是女同學的人數比男同學較多。雖然我們那班也是如此，但男同學總數加起來也有 14 人，剛好可以分作兩隊七人足球隊，在我們學校的籃球場上踢小型足球比賽。其實班上 14 位男同學，並非每一位都喜歡或懂得踢

足球，但是團結精神就是令人感動！喜不喜歡、懂不懂得也不重要，一起感受和參與就是快樂。值得特別強調的是，這間學校有一項「世紀大德政」，就是容許在戶外操場踢皮球！經歷兩年時光，終於告別西瓜波！踢皮球的感覺實在興奮得多了！那是一種真正在踢足球的感覺。

可能久旱逢甘露，那種可以在校園裏踢皮球的感覺，實在令人得意忘形。有一天下午，我們如常的在踢球，突然間不記得是哪一位友人施展了《足球小將》第一男主角大空翼的絕技「衝力射球」，皮球在半空劃出一條絕美的弧線後，高速曲墜直接撞破位於學校地下樓層、戶外操場旁邊的木工室的玻璃窗，飛進木工室內。大伙兒聽到那玻璃爆破的聲響，已經心知不妙；想起還要前往木工室拾回皮球，大家議論起來：「不知道木工室裏有沒有人呢？不會有人受傷吧？」但總要有些人前往看個究竟，並拾回皮球啊。最後包括我在內的五位男同學，一同前往木工室。

甫一踏進木工室，就看見一位怒氣沖沖的老師——我們心想他應該是木工科老師吧？因為我們是預科學生，已經不用上木工課了，所以我們不大肯定。他手上拿着我們的皮球，我們清楚看到他左邊臉頰上有一條長約兩至三吋左右的血痕，傷口應該不算太深，但非常清晰；木工室靠近窗邊處的地上，則散落一堆玻璃碎片。事情很明顯，我們的皮球撞破玻璃窗後，玻璃碎片弄傷了木工科老師。木工科老師當然知道我們就是元兇了，雙眼冒火一般，大聲向我們怒吼：「你們知不知道，我剛才差點死了？」然後就是痛罵我們一頓，再把我們一干人等移送至校長室，接受校長訓話。

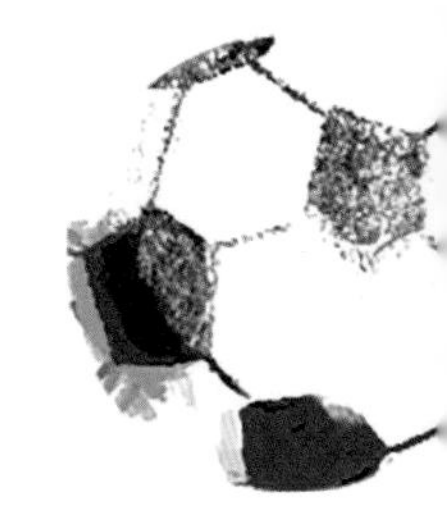

幸好，在我們誠心向木工科老師及校長致歉以後，事情總算告一後落。我一心以為，我即將跟西瓜波重聚了。發生了這樣的事，大概以後也不能再在校園裏踢皮球了吧？然而，世事真是意想不到。過了一陣子，我們赫然發現，位於學校地下樓層、鄰接戶外操場的所有課室外牆，都安裝了一層穩固的鐵絲網，藉以保護玻璃窗免受撞擊。然後，我們獲准繼續在戶外操場踢皮球——當然校長仍然再三叮嘱我們踢球時要盡量小心一點。太好了！真是「超級世紀大德政」啊！

聞説，作為廣大香港中年男子珍貴集體回憶的、已經停產的西瓜波，現在作價港幣二百多元一個，還要「一波難求」，不是有錢就能輕易購買得到。回憶，果然最是無價。

How come? You are Form 6 students!

姓名：范永聰

“How come? You are Form 6 students!” 新來的英文科代課老師怒不可遏，在課堂上帶一丁點咆哮地説道。

「她怎麼了？發生甚麼事了？」我向坐在前面座位的同學甲問道。

「喂！你怎麼上英文課時總是魂遊太虛？既不好好聽課，又不留意班上發生的事！她發現了我們在傳閱的那張紙啊！這次麻煩了！」同學甲答道。

英文科代課老師其實蠻不錯的。她是因為甚麼原因來到我們這班代課，我已經想不起了。但我還頗清楚記得她很年輕，笑起來時清晰可見大板牙，樣子清純，以致我們為她改了個外號：「純情小白兔」——通常簡稱「小白兔」。她大概是不知道的吧！年輕老師大抵都抱持崇高的教學理想，希望把學生們教好。事實上，「小白兔」上課非常認真，也十分重視與學生之間的互動，因此不時要求我們回答問題。我最害怕跟她有眼神接觸，對望以後往往就要站起來回答問題了；在一般正常情況下，我總是不能提供準確而令她滿意的答案。

唸中六時，除了英文科是必修科目外，我另外有三個選修科，都是自己非常喜歡的科目：

中國語言及文學、中國歷史和世界歷史——這是我當時夢寐以求的完美純文科架構——所謂「兩文兩史」。經歷多番波折，唸了三間中學，竟然讓我唸到預科，這是我在唸初中時根本無法想像的事。我感恩遇上中國歷史和世界歷史兩個科目，沒有這兩個科目，相信我的求學生涯早早完結。但人生總不可能十全十美，即使擁有「兩史」，還有我開始慢慢產生濃厚興趣的中國文學，我的最大夢魘——英文科（正確名稱是「英語運用」Use of English；簡稱 UE），始終不能擺脱。

回想起來，唸預科時其實已經非常不錯的了，我已經成功掙脱數學科這魔爪，只剩下英文科始終纏繞着我。對於我的整個中學生涯來説，這兩個科目就是我的罩門所在。當然，那些綜合科學——生物、化學、物理；屬於文科學生選修科目的地理、經濟等等，我的成績也是全面崩潰。理科不合格是常態來了，文科科目的情況稍微好一點，但都要視乎本少爺的心情。心情好時讀它一讀，或許能僅僅合格；心情不好時一於懶理，不合格就由它好了。這樣的求學態度，竟能唸至預科，我的少年運實屬上佳，試問我還怎能埋怨英文科老是跟着我？

可是，英文這回事呢，就是困難。我不是沒有努力過啊！但就是不成功。當然，那所謂「努力」，明顯不足夠啦！每次上英文課時都總是擔驚受怕，害怕「小白兔」問我問題！於是，魂遊太虛成為逃避課堂與壓力的指定動作。

“How come? You are Form 6 students!” 是「小白兔」的口頭禪——其實可能不是的，如果她幸運一點，不用來到我們這班教授英文科，或許不需

要經常把這句說話掛在口邊。那張在課堂上傳閱、導致她忍不住要再說那句話的紙張，其實是一張「回條」。「回條」上有個標題，寫着「今晚 HeiXXken Meeting 參與者名單」；當中的 HeiXXken 是一個著名啤酒品牌名稱。在那標題之下，密密麻麻的寫着班上絕大多數男同學的名字。很明顯，這張「回條」是一個「酒局」邀請函——唸預科那兩年，我們這班男生經常在星期五晚上集合，在沙田中央公園飲酒聊天，好不快活。我們竟然在課堂上傳遞一封「酒局」邀請函，還要求答應出席的伙伴們在「回條」上簽署作實！邀約聚眾飲酒，在小息或午飯時間大伙兒面談便可；我們卻要白紙黑字簽署「回條」，連班上的女同學們都覺得我們這群男生太無聊了！作為老師，又怎能忍受啊？

然而，「小白兔」並沒有苛責我們，那句 "How come? You are Form 6 students!" 大抵只是用來「再一次」好好提醒我們；尤其我們這群非常無聊的男生，原來我們已經是預科學生了。在我們面前即將需要好好面對的，是超級恐怖的高級程度會考，盡力完成考進大學的夢想。老師的苦心，我們其實都知道。只是那每週一晚的「酒局」，還有簽署「回條」此等無聊動作，或許都是藉以減壓的生活情趣所在。我們的確是預科學生，我們的確都很無聊，而且我們的確感受到壓力。那兩年唸書生涯，有笑有淚，雖然一轉眼就過去了，卻成就了一個異常團結的氛圍。

我們這班共有三十多位同學，男女大概各佔一半。女同學們雖然都一致裁定我們這群男生精神失常而且極端無聊，但我們全班的確非常團結！課室裏總是充斥着歡笑聲，嬉戲不斷，無聊事情推陳出新；我們經常全班同學一起外出吃午飯，二、三十人在路上喧鬧不絕，學校附近整個社區為之側目。最重要的是，兩年下來，班上是非絕無僅有；遇有某一位同學遭逢困難或心事重重，總是全民發動援助，充當輔導。回首那兩年日子，我們這班同學，基本上就是一個整體。這段可遇不可求的人生經歷，總是常在腦海中縈繞。

*　　　*　　　*

跟大家再分享一下我們當年的「團結精神」——這「團結精神」是「團結一致精神病發」的簡稱，因為這徹頭徹尾是個瘋狂故事。有一次我們又是整班同學外出吃午飯，在回程途中，其中一位男同學忽發奇想，竟然建議合資購買兩個大榴槤，返回課室大快朵頤。榴槤這物事，喜歡的人很喜歡；討厭的人覺得它生人勿近，而我屬於後者。始料不及的是，我們班中絕大多數同學都是榴槤控，於是「奇想」在全民投票中獲大比數通過。我們的課室位於學校地下那層，座落書記辦公室、校長室及兩個教員室對面。午後時份，那群人開始在課室內喪心病狂地集體吃起榴槤來。也不知道那兩個大榴槤是否甚麼「金枕頭」之類，「香氣」四溢，完全充斥整個課室，小弟實在受不了，便連同兩、三位「味覺正常」的同學，稍移玉步到課室門外暫避。

我們甫一離開課室，便赫然發覺整個學校地下樓層都彌漫着那叫人氣絕的所謂榴槤果香，相信已經波及我們課室對面的「高層辦公室」。我立即關上課室大門，並對課室內那群失去常性的傢伙說：「喂！我先關門了，外面氣味很是濃烈呀！」得到的回應是：「好好好！順便守着課室大門，不要讓人進來！」同時聽到「好吃呀！這個真好吃！」、「好香！好香！」一類歇斯底里的聲音此起彼落。

未幾，一個非常熟悉的身影，朝着我們課室這個方向慢慢移動過來。「啊！是校長啊！鎮定！鎮定！」我心中暗忖。

「啊！你是否嗅到非常濃烈的榴槤味呢？好像從你們的班房裏傳出來啊。」校長對着我說。

「校長！是啊！是啊！因為我們正在課室內吃榴槤。」我答道。

「那你為甚麼站在課室門外呢？」校長非常關懷的問道。

「我不吃榴槤啊！受不了那味道。所以我出來迴避一下，順便看守着大門，不讓別人進入班房。」我竟然對校長直接説出我的任務，説時還對着校長展露誠懇微笑，真是精神病發。

「雖然，校規中沒有明文規定不能在學校範圍內進食榴槤，但榴槤此物氣味太大，又不是人人喜歡，現在整個書記辦公室和兩個教員室都充斥着榴槤氣味，不吃榴槤的老師們都快要受不了！你們已經是預科生了，雖然你們沒有違反校規，也的確享有進食榴槤的權利，但同時也應該考慮不吃榴槤的他人感受，這是人與人交往之間應該具備的互相尊重。……（下刪若干言——實情是我已忘記校長的循循善誘）」校長不但沒有苛責，更趁着這個機會好好教導我，叫我深深感動；而且那句「你們已經是預科生了」，更令我即時想起「純情小白兔」的 “How come? You are Form 6 students!” 。然而，我肩負了全班同學集體意志賦予我的重責，在那一刻，我竟然不能自制地答道：

「校長！我明白啊，但您也知道啦，榴槤總是有味道啊！何況我們這次集體進食榴槤是屬於

『班會活動』來啊，藉此促進同學之間的相互了解與團結友誼啊！」

校長：「……那麼，可以快點吃完嗎？」

「沒問題！當然沒問題！」我邊說邊打開課室大門，向着課室內叫嚷：「喂！校長說榴槤氣味太大了！老師們都投訴了呀！你們快點完成行不行？」那群人邊吃榴槤邊道：「好好好！沒問題！」嬉笑聲與讚嘆聲持續此起彼落。

事件完滿解決，校長也維持他一向的廣闊氣度，沒有為難我們。這件奇事成為我們6A班的最重要集體回憶之一。以後很多很多年，每次舊同學聚會時，這件事總會被拿出來回顧一下，大家也是百說、百聽不厭。我們就是這樣的一群學生，率性而無聊，一群所謂“Form 6 students”，未必名成利就，卻擁有兩年美好快活的不凡歲月。

考試溫習記

姓名：范詠誼

「誰人發明考試這種令人如此討厭的東西？」

相信每一位莘莘學子，都一定問過這個問題。就算非常享受考試的學生（我相信一定有這類人），都不會不對考試產生過疑問吧！我便試過問老師這個問題，老師的回答是：「考試制度是人類歷史上相對公平的選賢任能制度，如果沒有考試，怎能分辨賢愚？」

當下我心想：「賢愚可以這麼容易分辨嗎？考試可以選出勤奮聰明的人，但不代表被考試制度淘汰的人是失敗者啊！畢竟人人都有自己的長處！」當然，這想法只限於在自己腦中盤旋，我沒有對老師回應，而且在現實生活中，我也不可能逃避考試！

事實上，觀乎我的讀書生涯，我稱得上是一個能夠跟考試和諧共處的人。我不是那類十分享受考試的學生，但我確實頗喜歡考試，主因是考試日只需上半天學，放學後可以回家悠閒地吃個午飯，然後才慢慢的開始溫習。

記得剛升上中一，我還未太懂得自己溫習。晚飯後，爸爸會幫我「問書」。一次他在問我擅長的中文科時，不知何故我竟然連連答錯，爸爸最後也按捺不住說：「喂，生過食『生菜』！」生菜？是啊！我真的讀得不夠熟，爸爸明顯認為我烹調的菜式不美味，甚至連基本的「煮熟」也未達標！可以怎麼樣？煮熟它為止吧！爸爸也很耐心的陪伴我溫習，最後終於成功將「生菜」煮成「熟菜」。後來，我掌握到自己溫習的方法，不用爸爸操心了，但那一晚溫書的情景，和那句我從未聽過的「生過食『生菜』」卻成了一段有趣又窩心的回憶。

對於記憶和背誦，我總是很羨慕家中那個在學業上漫不經心的哥哥。他幾乎有過目不忘的本領，眼睛就像掃瞄器一掃，書本的所有內容都輸入了他的中央處理器。他的最大本領在「史」的範疇完完全全的表現出來(讀者可以細閱本書的〈史、史、史，全部都係「史」〉一文)。對於我這個記憶力不佳的妹妹，他當然要幫我惡補中史知識吧！在考AL中史科的前幾晚，他便開始教我記憶中國的朝代興替。其實AL中史根本不會考這個東西，但我也忘了因何他要堅持我背，而我又堅持要背，反正那時候就是背了。他在「治亂興衰史」的部分幫了我很多，就算在「斷代史」部分，修隋唐史的他也常常為修明史的我惡補史料。在我心中，他是名副其實的「史霸」、「史聖」及「史神」！

哥哥喜歡歷史，我則喜歡文學。他在會考時代並沒有修讀文學，但預科老師破例讓他修讀，他也不負眾望，讀得很好，成績優異。我們有時會一起談談不同的文學作品。

一天午後，我們一起在家溫習，休息時間在廚房的大窗旁閒聊，他突然煞有介事的說：「你睇下對面座山，你見到藐姑射山神人嗎？」我先是呆了一呆，心忖他不是讀《逍遙遊》讀到傻了吧？不過我仍回應他：「見到呀！佢喺度吸風飲露喎！」我想他心中也是一樣暗忖，妹妹是否讀傻了？

談起文學，這科實在是我最喜歡的科目(沒有之一)。由中四修讀這科開始，每節課、每份功課、每次測驗，我都認真對待，可惜會考飲恨了，只考到B，於是我在預科時除了更努力溫習，更開始閱讀不同的文學作品，希望在創作卷上取得更好分數。此外，我反覆思量會考的讀書方法是否有未完善之處？最後發現記憶力不算好的我，會考時只會用「死記」的方法讀讀讀，只急於盡快把要背誦的背好，卻沒有好好思考內容，根本沒有把知識融會貫通。於是我放慢了記誦的步伐，在記憶每個課題前邊思考內容重點，邊整理筆記，果然，記憶真的容易多了。

記得在考AL最後一卷的前一晚，我幾乎徹夜未眠(應該睡了一小時)，但求將僅餘的力量爆發出來；到考試時我已經忘了甚麼是睏，甚麼是疲倦，在試場中那三小時拼命的寫寫寫。考試過後，回家吃了個午飯，打算補眠一下。我的軀體無疑是極疲倦的，但腦袋卻仍然振奮，我在床上輾轉反側，我失眠了。於是索性起床，看看電視，看看書，等待夜晚和同學去看林志穎演唱會。

* * *

雖然我在某些科目是極用心、極勤奮，但回看我的中學生涯，我着實不是一個優秀的學生。我有一些讀書真正優秀的同學，他們會遇強愈強，他們對相對弱的科目不會逃避。我呢？我只在有興趣和讀得好的科目上全情投入，但對沒有興趣的科目就冷冷對待。初中時的數理科不在話下，高中時的Geography也是如此。

猶記得中七考Geography mock前一夜，家中突然停電，原來電箱短路了，我不想在燃點蠟燭的浪漫氣氛下溫習，於是便

「面對密集的測考，
大家也習以為常吧！」

用拖板從鄰居家中「借電」。我在借來的電燃亮的燈泡下溫習，本來已經是「hea 讀」的我心神更渙散了，Geography 考得一塌糊塗也是可以想見的。

中學生涯，歷經了密集的測考，其實一早已經適應了那種常態。我沒有太多考試壓力，但在如此充實的測考中也是要輕鬆一下的。中七那年，幾乎天天都是測驗，有時我讀得夜了，第二天放學回家後連校服也不換便立即窩進床上睡午覺，睡到晚飯才起來。偶爾也會看看消閒書籍，赤川次郎的「三色貓系列」就是我的至愛。到了 AL 前的 study leave，我會在溫習中的休息時間在家「唱 K」，家中幾張寶麗金的「碟聖」LD 幾乎都被我「唱爛」了。

關於考試的種種回憶，彷彿已經很遠很遠了。不過，考試教曉我的，我卻不會忘記。世界上沒有免費的午餐，天道酬勤，這就是人生每場考試的必然真理。

史、史、史——全部都係「史」

姓名：范永聰

「范永聰，其實很久以前，我已經很想好好跟你談談你的問題。我看你的世界歷史科成績不錯，也見你經常閱讀各類型歷史書籍，你的中國歷史科老師畢老師也說你成績不俗。事實上，你也算是讀書的材料啊！兩科『史』的成績在班中屬於頂尖分子了，相信在中學會考中也可以拿得好成績；再給點心機讀好些中文及英文兩科，或許還有機會升讀預科，將來考進大學呢！當然，你的生命屬於你的，你可以選擇像現在這般繼續沉迷玩樂、漫無目的地浪費時間，但你真的甘心這樣下去？」蔡老師語重心長的對我說。

我看着眼前這位年輕、溫柔、關懷學生，又別具知性美的老師，心想：「竟然有老師願意花費精神與時間，跟我這等頑劣不堪的壞學生說道理！難道我真的是讀書材料？唸大學？有沒有可能啊？我真的可以嗎？是否真的應該努力嘗試一下？」常言道，「教育」是以生命影響生命的神聖工作，但能真正做到的又有幾人？蔡老師對我說的這一番話，是我八年中學生涯（註：從中一至中七，唸了三間中學；重讀了一年中五，考了兩次中學會考，故共八年，唉……）之中，從所有我幸運遇上過的老師口中聽過最難忘的幾番說話之一。

後來發生的是，憑着「兩史」在會考中僥倖獲得佳績，我竟然能夠升讀預科；接着又萬幸地考進大學，修讀歷史專業；再下來是更加料想不到的進了研究院……。追本溯源，這一切都源於蔡老師跟我説的那一番話，令我的人生得到徹底改變。可惜天妒紅顏，以後發生在范永聰身上的像奇蹟般的事，我都沒法子親自向老師好好報告及道謝。

*　　　*　　　*

老生常談，人生很多事情或許真的命中注定。回想自己小學時成績一向名列前茅，升中時順利進入自己喜歡的「第一志願」中學；雄心壯志，打算唸好書。怎料中一第一個學期考試就有兩科不合格——中國歷史及世界歷史。那時覺得這兩個學科最無謂，身處二十世紀的人類，為甚麼要知道古埃及人敬拜甚麼神祇；秦始皇怎樣統一中國、為甚麼要花費大量人力物力興建長城；那些二、三千年前的人做過些甚麼，早是過眼雲煙，知來幹麼？事實上，升讀中一以後，對我來説，很多學科極難適應，盡是些以前在小學從來沒有接觸過的嶄新知識；當中尤以這兩科「史」最為困難。加上成績不好，自然對它們嗤之以鼻，心生厭煩。

但范永聰就是好鬥，有時——必須強調！只是「有時」，絕不妥協。小學時自詡「品學兼優」（其實是井底之蛙，不知天高地厚），我絕不容許自己帶着污點度過中學生涯。痛定思痛，中一下學期開始，我強迫自己每天到圖書館閱讀歷史書籍。久而久之，竟然讀出濃厚興趣來。一開始是沉迷中國歷史名人傳記，再慢慢擴展至世界歷史範疇；然後開始嘗試閱讀「通史」，希望在最短時間內弄清楚整個世界歷史發展的大概軌跡。

或許蔡老師説得對，我真的

有讀好歷史的丁點天賦——我記性不錯，特別擅於強記一些歷史事件的發生年份、歷史人物的生卒年份、各個古代龐大帝國的大致疆域，以至世界各國的首都，甚至中國各省省會，我在初中時已近乎心理變態地迫令自己記得清清楚楚。為了防止自己忘記這些重要歷史基礎知識，我更會經常在腦海中自問自答，確保自己每天都清楚記得，沒有遺忘。

當我聽到同學們不斷混淆馬德里與新德里、柏林與都柏林的時候，我會以自己知道波斯古城波斯波利斯的位置為榮；當聽到他們在嘗試數算「五胡亂華」的「五胡」是哪五個外族，卻無論如何努力，總會遺漏一至兩個民族名稱的時候，我會在旁突然朗聲說出：「氐」！「鮮卑」！他們會用極為詫異的眼神看着我——怎麼向來成績差劣、班中考試名次位列倒數第二的范永聰，竟會知道「五胡」是甚麼？我不能用筆墨形容我當時那種痛快心情。

隨着年齡漸長，參加香港中學各級公開考試的經驗慢慢累積，我就清楚明白，原來這些「基礎知識」沒有甚麼用處。此話何解？本書另一位作者——姑隱其名，她於香港高級程度會考中國歷史科考試中考獲A級成績，但她本來連中國的朝代次序都不能完全正確地唸出來；考試前夕，我還不斷為她「惡補」中國歷史「常識」。最後她成績優異，而我卻考了個C回來，公平嗎？呀！一時太亢奮，竟然說了出來，對不起啊！詠誼。

固然，人類也不應該太執着成績。曾幾何時，電視上經常播放着一個廣告，說甚麼「求學不是求分數」。最近好像都沒有再播放了，因為提倡這句說話的人大抵也知道，在香港這個地方，所謂「學問」——尤其是衡量一個中學生是否有「學問」，大概只有一個客觀準則：分數。不過，偶然也有些精神病患真的對分數嗤之以鼻。我回想初中時的我，大抵也是如此，明明知道明天就要進行中國歷史科測驗或考試了；老師也說清楚範圍是從先秦至魏晉南北朝，但如果我今天正在沉迷看着唐代的治亂興衰，我也一於少理，繼續任性下去。至於先秦至兩晉，以往看過不少啦！應該憑着記憶仍可應付。到最後成績如何？我也記不清楚了，只記得我開始極端沉迷閱讀歷史書籍，其他學科逐漸拋諸腦後。到了中三的時候，除了中文、英文和「兩史」之外，其他科目差不多全部不合格了。

那時候我究竟有多沉迷歷史呢？或許可以用幾個例子說明一下。我非常喜歡柏楊先生撰寫的《中國人史綱》一書。縱然不少學者批評這本書的內容錯漏百出，絕非嚴謹歷史著作；這點我絕對認同，尤其是後來有幸接受專業歷史學訓練以後，就更加容易一眼看出這本書的毛病。但不能否認的是，《中國人史綱》是一部對我起了啟蒙作用、對我影響極為深遠的重要著作。柏楊先生對於中國歷史和傳統文化弊端的若干批評，於書中盡情抒發。我唸初中的時候，已經開始不斷重複又重複地閱讀這本書，起初是抱着為興趣和求知識的心態閱讀；後來變成工作極為忙碌時忙裏偷閒的休閒讀物——至今我已變態地不斷重複閱讀這本書不知多少遍了，仍是覺得有趣之極。柏楊先生利用非常黑色幽默的筆觸來漫談中國歷史故事；多看幾遍以後，讀者已經能夠大致掌握中國歷史的主要發展脈絡。

《中國人史綱》最深得我心的是，它的內容中慣常直接稱呼中國各個朝代的「明君」姓名，而不像教科書中常用君主的謚號；例如教科書中提到的漢武

帝、唐太宗，柏楊先生會在《中國人史綱》中直接書寫「劉徹」和「李世民大帝」。我那時看就覺得很有趣，他有甚麼用意呢？

慢慢長大後，對歷史的感受愈深，就知道柏楊先生旨在說明天子也是人，他也有名有姓，不特別比「天下萬民」尊貴。古時君主尊貴，不可一世，源於專制政治制度而已，到了現代已經不合時宜，就得改變。這是柏楊先生的想法，於書中處處躍然紙上。我對這點感受至深，那時自己成績不佳，對於那些「年年考第一」的同學，雖然心中也有敬佩之意，但總是「看他不順眼」——特別是那些態度囂張、狂妄自大之輩。「年年考第一」又如何了？很威風嗎？人人高呼他「漢武帝」萬歲；我偏要像柏楊般直呼他「劉徹」。此處無意冒犯一眾高材生，只是那時自己真的不學無術，成績不佳，性格頑劣反叛，一時意氣而已。但《中國人史綱》的筆觸，就是非常迎合這種「失意」和「反叛」心情。由是，到了今天，它仍是我最愛、最經常重溫的一本歷史書籍。

那個時候，我還喜歡不斷閱讀中國歷史科和世界歷史科的教科書。說真的，教科書真的非常不好讀；它是為了配合教學課程而撰寫的工具性讀物，書內除了圖表比較有趣之外，其他文字都給人死氣沉沉的感覺。但我喜歡歷史的程度，竟然令我連教科書也不放過。

自中二開始，每年暑假購買下學年的教科書回家後，我立即開始「預習」新學年的「兩史」課程。這種變態行為一直維持至考進大學為止。預習行為是變態的重複性舉動；一般來說，到了新學年開學之時，那一個學年的「兩史」課程內容，我大概已經了然於胸，然後正式上課時，繼續溫故知新。變態行為也有好處的啊！不斷重複閱讀之下，與內容相關的記憶已經非常牢固，到了考試前夕，往往只是拿出筆記來略看一遍，就足以應付考試了——兩次會考時更加放蕩，我清楚記得考試前一晚，我還與友人在桌球室打桌球，其中有一年更是打個通宵達旦，打完直接前往考試。當時我閱讀歷史書籍，已經不是為了應付考試的了；我真正深深愛上歷史這個學科，成績只要達至中上就可，滿足自身興趣才是最重要呢！

*　　　*　　　*

若要說到我與喜歡歷史相關的最恐怖變態行為，非「撰寫」《聰史》莫屬。《聰史》是甚麼？是一部變態禁書，現已失傳。大約始於唸中三的時候吧——可能是中二下學期開始這變態行為也說不定；我那時非常、非常喜歡「臨摹」教科書內的那些歷史地圖。我曾經在自己的筆記簿上繪畫了一個橫跨歐亞的蒙古帝國疆域圖，然後在帝國正中央寫上一個「聰」字。那幅地圖的下方，我寫着：「公元 1xxx 年，范永聰帶領大軍完成N次西征壯舉，建立龐大的『大聰帝國』，是為『聰太祖』。」一開始時我只是繪畫一幅地圖，然後用一句起、兩句止的文字作出相關描述；後來越來越變態，近乎失控，改變成「左圖右文」方式，圖文並茂地「撰寫」着「大聰帝國」的歷史——「大聰帝國」會不斷分裂、內戰；國家會有朋黨之爭、戚宦競逐、權臣篡位及民變四起等亂事發生；外患接踵而至，帝國會瀕臨滅亡，但范氏後裔會適時於民間崛起，北伐外族，討平叛亂，「大聰帝國」重振聲威，進入中興之局。

如是者重重複複的畫着、寫着，累積起來，共有數本筆記簿，內裏密密麻麻的盡是這些恐

怖地圖與瘋狂文字，真是……非常……非常變態的行為。不過，大家放心，這種變態行為於很多年前已經停止了。《聽史》本來收藏在一個只有我自己知道的地方，現在卻找不着了，可能是有一天我突然清醒過來，不知是扔掉了還是焚毀了。焚毀也絕不出奇啊，如此變態的人，可能焚了書自己也不記得呢！

憑藉對兩科歷史的超級熱愛，唸中四、中五那兩年，正如蔡老師所說，我的「兩史」成績在班中數一數二。經歷兩次中學會考（HKCEE），如果沒有這兩科「史」，我根本沒可能繼續唸書。第二次會考時，香港首次實施考生考獲六科14分即能升讀預科中六的新制度。那年我的「兩史」都考獲A級；一科A級等如5分。我當年報考七科，「兩史」已為我拿了10分；另外中文科及地理科拿了兩個D級，每個等於2分；這樣加起來，四科已經足夠升讀中六了，其餘三科都是剛好合格的E，終於順利升讀預科。蔡老師真是神機妙算，「兩史」為我帶來了一個中六學位。沒有歷史，就絕對沒有今天的范永聰了。不過，空有學科而欠缺良師，也勢將一事無成。由是，我非常感激唸中四、中五時教導我中國歷史科的畢老師；唸預科時教導我中國歷史科的陳老師和世界歷史科的羅老師。沒有您們的悉心教導和啟蒙，范永聰仍然只是那個躲在家裏變態地寫着《聽史》的無知小朋友。

* * *

這個小篇章題為〈史、史、史——全部都係「史」〉，題目內有三個「史」啊！聰明而細心的讀者朋友們或許會問，一個「史」是「中國歷史」；一個「史」是「世界歷史」；還有一個是甚麼「史」呢？答案是，那是一個我一生都不可能愛上的「Math 史」（Mathematics；簡稱 Maths）。懇請修讀理科的讀者朋友們原諒，我絕對無意冒犯大家，只是 Maths 真是我中學生涯的最大夢魘！

我自中一下學期開始，直至中五，所有數學科測驗和考試——是所有！從來沒有一次合格！一次也沒有！我不是沒有努力，但當我看到一個圓形放在一個三角形上的圖像，然後那個題目要求你計算出那圓形與三角形重疊的面積時，我真的不明白，為甚麼我的同學們都能計算得出；還有那些問你：「有一個農場，雞的數目是鴨的數目的四倍；豬的數目是鴨的數目的三倍，請問整個農場所有動物加起來有多少隻腳？」這類問題，不如直接殺掉我好了。

第一次中五會考，我考了 A、B、C 各一個（分別是歷史、中國歷史和中文科）；英文、地理、經濟都合格，但數學意料之內的「肥佬」（Fail）了，於是需要另覓一間學校重讀中五。重讀那一年，我甚麼也沒做，只是埋頭苦幹不斷「計數」。辛辛苦苦，第二年會考數學考了個 E，才上得了預科。我與這個「史」，不共戴天啊！

中學生涯，八年匆匆而過。那一堆堆「史」，五味紛陳，百感交集。

一夜成長

姓名：楊映輝

小時候，大家都會渴望快些成長，到底何時才會長大成人？其實人的成長，往往是一夜之間的事情。六祖惠能在《壇經》中說：「迷聞經累劫，悟則剎那間。」大家在人生中，曾經歷多少次一夜成長的經驗？

我相信其中一次或第一次一夜成長的經驗，就是小六升中一的時候。小六時要日夜操練應付小六學業能力測驗（簡稱：學能測驗），當時做過的題目一早忘記得乾乾淨淨。只記得測驗在十二月第一週的星期二下午舉行，考生必須帶備小六學生證到獲分配的試場應考，所有參加中學學位分配辦法的學生均須參加。這場考試影響着每個人的人生上半場，會如何走下去。

人生第一次考公開試，當時的我、同學與老師們都十分緊張，應考前的操練少不免的，但大家都沒有半點怨言；相反學生都像士兵一樣，一邊操練，一邊等待上戰場殺敵，沒有半點鬆懈。學能測驗前一夜，我輾轉反側，徹夜難眠。學能測驗完成後，我步出試場的一刻深深吸一口氣，再徐徐吐出，抬頭望向天空，白雲飄過，心中感到自己不再是小學生了，小學的一切事情、責任都完結了，開始向着新的人生路慢慢走，也不知是喜還是悲，是結束還是開始。到放榜日，從班主任手中接到升中派位證，知道是第一志願，人生新一頁正式開始了。

升讀中一，我要面對新環境，在開學日前一夜，心裏變得忐忑不安，心緒不寧。但是心裏有一把聲音向我説，你是中學生了，不可以像小學生一般，你要堅強，你要努力，你要……不可以再孩子氣，你已經是大人了，心裏感到自己真的長大了。中一開學日一早就起床，吃過早餐，接着穿上新簇簇、白噹噹的恤衫，新的灰色西褲，穿着一對新的黑皮鞋大大步踏出大門，我挺一挺胸，昂首闊步奔向新時代——中學時代。

星霜荏苒，初中三年的時間過得真快，在學校大大小小的事情、活動中度過，例如：第一次買文學書《邊城》、第一次做錄音廣播劇《大鐵椎傳》、第一次參加班際拔河比賽、第一次旅行行山、第一次留堂……。寒來暑往，又要面臨初中成績評核試（即中三淘汰試），當時傳聞中三淘汰試考得不理想，會被派到其他學校，或者要轉讀工業學院。中三的我及同學們都有點害怕，但始終要面對無情的公開試，大家只好全力應付，最終所有同學都順利升讀原校中四，但噩夢才正式開始。

升讀中四，開始準備會考。當年十多萬會考考生，只得兩萬多人可以升讀預科，最後更只得萬多人可以升讀大學，簡直是關公過五關斬六將般艱險，大家歷盡重重難關後，同學朋友要聚要散，人生自然昇華到另一個境界。當年會考放榜，不像後來有聯招中心方便同學找學位，又有學校老師協助，甚至有社工輔導同學。那年代的會考放榜，哪有人有家長陪同？所有學生都是自己一個人面對，無論成績好與壞都要自己作決定、自己去應付、

自己找出路。每個人都要為自己應走的路作決定，承擔一切後果，我也不例外。

會考放榜日，大家都一早返回空空的校園，少了昔日的熱鬧，多了一份莫名的緊張氣氛。中五各班同學返回自己的班房，由中七領袖生負責派發會考成績單，我接過成績單，成績尚算中上，但不知能否原校升讀中六，只好去校務處嘗試申請。校務處職員接過成績單，看了一眼，她冷冷地說：「已收滿，無學位了。」我只好用失望的眼光望着她，她隨手將成績單扔回給我。不知道是否我的手腳太過遲鈍，未能及時接過成績單，成績單緩緩地飄落地上。我的眼睛已經紅了，彎身、伸手、拾起地上成績單，開始上路找學校。

那一刻沒有時間想得太多，只好面對及接受殘酷的現實，趕去不同中學申請、面試中六學位，結果同時有三間中學都接受我的中六申請，最後我選了其中一間中學，因為這間中學容許沒有讀過中國文學的我，可以在預科時修讀。這決定，影響了我日後所走的路。有人曾經講過，中學會考放榜令莘莘學子，一夜長大成為大人，我相信經歷過會考的一代，都會十分認同。

「盛年不重來，一日難再晨。及時當勉勵，歲月不待人。」陶淵明這詩，不禁在腦海中浮現出來。

突然好想你

姓名：范永聰

有沒有嘗試過，在沒有發生甚麼特別事情的情況下，「突然好想」一位故人？

故人大概是位女生來吧！或許已經不能十分清楚記得她的容貌了，跟她一起發生的故事情節亦已經忘記了大半，但那種曾經真實存在的情感，即使不再熾烈，卻總在心中佔有一個重要位置。那種情感也很是鬼馬，每隔一段時間，就會在不作出任何先兆的情況下突然出現，讓你又陷入悵然若失的回憶之中。

發生在年代久遠的中學時期的「疑似」愛情故事，一般非常Puppy。之所以用上「疑似」來形容這些故事，是因為當中是否涉及真正的「愛情」，當時人也未必清楚，大抵也沒有足夠成熟弄清楚吧。一段「感情」糊裏糊塗的開始，沒多久就無疾而終。能維持上一年時間的，可能已是個非凡紀錄；三個月至半年就草草完結的，屢見不鮮。

「我發現，原來我對她的感覺不完全是喜歡，那是一種超越了好朋友的相互依賴，可能是吧？所以，最終還是分手了。」兄弟訴說着他的故事——而這些説話，我也好像説過呢。唉！然後，總會有人提出指控：「不清楚是甚麼情感，為何要開始？」「可能一開始真的不清楚，但開始了不久就弄得越來越清楚了，

繼續下去也是痛苦啊！」這解釋活像藉口，但是 Puppy Love，很多時真的是不清不楚的啊！

「中學生應否談戀愛？」是我唸中學時，老掉牙的中文科議論文經常出現的作文題目。不作理性分析，在學校裏遇上心儀對象，總為平凡的校園學習生活帶來不少刺激。單是每天上學的動力已然加倍！上學的路上一心只想着她，回到校園時自然地四處搜尋她的倩影，一方面期盼能遇上她，跟她説句「早晨」也好；一方面又怕在她面前過於害羞，手足無措，留下不良印象；最糟糕的就是親眼目睹她與其他男生攀談，笑逐顏開，而那位男生似乎也對她有意，條件又比自己優勝太多，那麼那一天注定終日混沌。

如果運氣好一些，老天賜予一次兩情相悦，校園雖然不大，能給一對小情人容身之處還是不少。那些正在熱戀中的情侶，總是形影不離地出現在圖書館或操場的一角；他們老是一起上學，一起午膳，一起放學，愛得轟轟烈烈。代價是流言傳遍整個校園，同學高度注視事態發展；比較開明的老師甚至送上真誠祝福。如果一位男生的女朋友是「校花級」女神，那位男生難免成為眾矢之的，至少不能逃過眾生品評。

我曾經目睹一個真實個案，有一位男同學與他同班的一位女同學結成情侶，那位女同學算不上是「女神級」美女，但她交遊廣闊，好友遍佈校內各級。兩人交往的消息傳出後不久，故事的男主角就發現經常有來自校內不同年級的同學，在小息或午飯的時間來到班房外偷望他，邊笑邊談。「啊！就是他了嗎？他就是 XXX 的男朋友？還不錯啊！」「啊？這樣就算是不錯了？我就覺得他完全配不上 XXX 了。

XXX 裙下之臣眾多，為何要選這個人？他好嗎？」壓力之大，可以想像。

*　　*　　*

理性分析，為何絕大多數發生在中學校園內的、源於同學關係的愛情故事，都難以修成正果？兩情相悅的人，天天可以相見，固然甜蜜，不過個人空間也大大縮減了。一星期至少有五天都在校園裏度過，上學、小息、午膳、放學都緊貼在一起，衝突難免，也容易催生厭倦感覺。孕育於校園內的愛情從來是雙刃劍，它提供了情感發展與維繫的空間，但同時大大增加了愛侶之間互相產生厭惡的危機。愛得高調的一對，如果一旦分手，那「善後」工作也相當不簡單。整個校園也習慣了你們一雙一對，大家也要同時學習如何適應金童玉女已然分手的事實。如果是和平分手還好一點，萬一是其中一方「被分手」，未幾提出分手的一方另結新歡，新歡又是同校中人，那就真是劇力萬鈞，廣大同學們不愁沒有話題。

慘「被分手」的人，還要面對桃花依舊，人面全非的淒楚。校園內外不少留有兩人以往「甜蜜足跡」的地方，甚麼圖書館、小食部、球場旁邊的花圃、校園附近以往二人經常一起前往午膳的餐廳、經常聲稱一起前往「溫習」的自修室等等地方，有一段時間也會持續成為「被分手者」的夢魘。如果兩人本來居住的地方鄰近，甚至住在同一個屋邨或屋苑，以往經常一起上學、放學，那就更糟透了，不太想得通的「被分手者」，甚至要改道回校或回家，藉以逃避回憶。低着頭回校上課，最重要的是千萬別要經常遇上舊情人——如果本來是同班同學，就真是愛莫能助了；放學鐘聲響起，立即秒速收拾細軟，離開學校。

「你會在哪裏？」

這種日子需要經歷多久，因人而異，但總是躲不過。遇上此等厄運，兄弟自然成為最重要的依靠。瘋狂地踢足球、「打機」、「篤波」（打桌球），甚至偷偷「劈酒」，也能加速療傷。總之，兄弟齊心，不在此時，更待何時？不過，兄弟雖然必須團結救援，但又「打機」又「篤波」又「劈酒」等等療傷活動，都確實需要一定物質條件支持。

很多很多年前，曾經有一位經濟能力不俗的「被分手」兄弟，「宴請」我們一眾兄弟陪伴他「打機」解憂，我們在「機竇」裏專攻一款名為《超時空迷宮》的射擊遊戲。這款遊戲以難度極高馳名，每局一元，大概三、五分鐘左右定必 Game Over，平時我們一定不會玩這款遊戲。但遇上非常時期，我們太需要瘋狂。幾天下來，那位兄弟也不知花費了多少錢。但那種瘋狂投入虛擬世界的痛快，似乎對他又真的有點幫助。這件事成為我們兄弟之間的重要回憶，到今天仍是不斷重提。當然，如果遇上沒有如此雄厚財力的「被分手者」，兄弟們也不會坐視不理！大家圍在一起，痛哭一場也不錯，免費的呢！

那若干年前曾經是致命的情傷，今天回憶起已屬微塵。那些曾經於求學時期出現在身邊，與你一起經歷刻骨銘心卻又無疾而終的愛情故事的女孩子們，不知今天過得如何呢？你會否偶爾想起她們，或許很想知道她們的近況？就如五月天的《突然很想你》那樣說：「突然很想你，你會在哪裏？過得快樂或委屈？」事實上，她們快樂或委屈，大概也與你沒有關係了。不過，如果回憶逆襲，讓你內心與腦海突然翻滾絞痛，難以平息，你又會否害怕聽到故人的消息？那夾雜着甜蜜與苦澀的回憶，正是成長的明證。

別・離

姓名： 范詠誼

南北朝文學家江淹在名作《別賦》中描寫了不同種類的分別，篇中的「黯然銷魂者，唯別而已矣」亦成為形容「別離」的千古名句。回首中學階段，也充滿了大大小小的別離，這些分別雖未必如《別賦》中所言的震撼，但在年青人心中，也必然佔據一個重要位置。

別離在中一學生心中是怎麼一回事？第一天上課的日子，我們已經不會像幼稚園年代，因上學要與父母分離而嚎啕大哭，反而更想化身羽翼豐滿的小鳥，馳騁於偌大的校園，以及那個未知的未來。學年完結，迎來了中學生涯的第一次別離——喜歡的老師離職、要好的同學被編進不同的中二班別、不良男同窗決定不再讀書，退學去了……這些離別，每天都在我們的生活中上演，傷感不是沒有，但不足以用傷痛形容。

中二，經歷了懂性以來第一次的死別。疼愛哥哥和我的二伯父離世了。那個在我小學時為我看插班考試結果的二伯父，那個常常買朱古力給我們吃的二伯父，那個很怕老婆卻很愛護女兒的二伯父，突然急病離開了。一切是那麼突然，就像死神眼尾瞟了一下，伯父被看中了，他的呼吸驀然停止，他的心臟驟然停頓，他與物理上的世界再沒有關係，遺留的只是我們對他的回憶，和那種難以言喻的傷痛。

中三，中文老師在課上教授《古詩十九首》。他唸着「行行重行行，與君生別離。相去萬餘里，各在天一涯……」唸畢問我們：「生離悲慘一些？還是死別悲慘一些？」也許我沒有嘗過驚天動地的生離，又或者老師對〈行行重行行〉的解說太動人，當那飽受相思煎熬的女子吐出「思君令人老，歲月忽已晚」時，我彷彿看到女主人公在年復年，日復日的思念中失去了靈魂，她的生命在絕望與盼望中搖擺，這種反差慢慢地掏空了她……剎那間，十四歲的我與她接通了，這種「生離」深深觸動了我，於是我舉手，贊成了生離是比死別悲慘一些。學期末，六班的中三同學要淘汰兩班，因為中四的學位只有四班，而我一位感情極要好的女同學要離開了。我知道這種離別不能與〈行行重行行〉的女主人公相比，但不能天天見面，不能一同面對會考，對一個中三學生而言，這種離別之痛，就像被蚊子叮了，不痛，但很癢，抓破了，那種痛才滲透出來。

中四開學未幾就接到一位同學要移民加拿大的消息。我與這位同學不是知己級，但有試過一同去廣播道追星以及去過她的家玩，是關係不錯的朋友。加拿大，我只知道是一個冬天非常寒冷之地，和香港的日夜正好顛倒。她到埗安頓後捎來的信報來喜訊：從前在香港數學科包尾的她成為了數學第一！她說她的外籍同學數學程度之低實在難以想像。我們對如此戲劇性的結果都嘖嘖稱奇。這離別只有點點傷感，更多的是同學們滿滿的祝福。

中五，迎來了人生中第一個嚴峻的考試——香港中學會考。我們都深明，這是一個殘酷的生存遊戲。全級只有六十人可以在遊戲中勝出。為了成為勝出者，同學都甘於埋首於書堆中，甘於與無日無之的測驗作戰。這戰場沒有硝煙彈雨，沒有血流成

河，卻是漫長如年月。離中五的Last Day愈近，我們的戰意都要分一點給「紀念冊」了。同學每天的生活除了測驗，還有寫紀念冊。那個年代，我們都會精心選購一本日記簿，由最「老死」的同學開始寫起，第一個寫完了，輪到第二最愛，如是者一直傳下去。同學都拼命的在中五生涯完結前將離愁嵌進詩意的紙張上，再送上一張小書籤，上面寫的不外乎是Friendship Forever之類的，冀望把一剎變成永恆。最後一課中文課，老師高唱着「天之涯，海之角，知交半零落。人生難得是歡聚，惟有別離多……」有同學眼眶紅了，有同學淚兒滴下來了，有同學索性伏在桌上大哭。而我，則在思索着，聚聚散散，緣起緣滅，這就是我們窮一生要學習的功課？

中六的第一天，功課便排山倒海的湧至了。中六文科班三十個同學中，沒有一個是我熟悉的。我和好朋友都在天涯中零落了。我是一塊落葉隨風飄蕩，她像柳絮在空中揚起。孤寂感如一滴墨汁在清水中泛起漣漪，細細漫開。中六開學第一個星期，我都在抑鬱中度過；然後，第二星期，好像好一點了；然後，第三星期，好像再好一點了。一天，驀地在想，這根本是件小事嘛，憂愁甚麼呢？煩惱甚麼呢？只是不在一起讀書吧！不是都可以隨時見面嗎？想通了，於是便開開心心的上課了。

然而，沒多久，「別離」還是施施然來襲。這一次輪到三伯父了。我出生時，我們一家就與三伯父、三伯娘及兩位堂兄姊同住於筲箕灣唐樓的四樓；秋冬之季，氣管抱恙的三伯父在行完四層樓梯後總會咳嗽不斷；炎夏盛暑，我們會在客廳一起吃大西瓜。後來我們各自搬家，三伯父和三伯娘都時常到我們沙田家中探望，更不時給我們零用錢。三

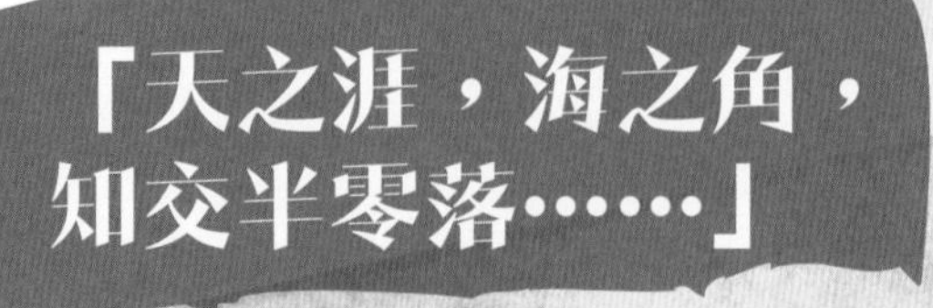
「天之涯，海之角，
知交半零落……」

Joyce
前程錦繡
Eddie

伯父長得很高大，臉上永遠掛着微笑，這麼多年來我只見過他哭過一次……三伯父溘然長逝，我們縱是萬般不捨，還是要放手。只是向來敬重兄長的爸爸，幾年間承受了兩次喪兄之痛，他的不捨，他的傷痛，未必以眼淚呈現，但誰人說，傷心人一定要流淚呢？

來到了中學生涯的最後一年。我們都清楚知道，中學生活，人生中最無憂無慮的七年，必將完結。經歷了一次公開考試，我們對密集的測驗、瘋狂的操練都習以為常。每次老師派發功課，我們都會自動報上分數，極速收集最高分的，然後送去學校附近的影印舖印給同學。我們都懷着一個共同願望——要整整齊齊的升讀大學，開開心心的告別中學生涯。Last Day，本以為嘗過一次中五的別離，應該對傷心不捨已經有一定的免疫力吧！但離開學校的一刹，點點回憶仍如雪片飛落——中一第一次進入校園、和好友的玩笑、被家政老師諷刺「鑊鏟都唔識揸」、從尊敬的老師手上取回極低分的試卷、數學課的「夢遊」、開放日密鑼緊鼓的預備、預科空堂在圖書館的閒聊、作品第一次在校報上刊登……我在校門停駐，再回望這一所陪伴我七載的學校，回憶的雪片落到半空，被初春的溫暖空氣包圍，融化了。

我知道，我終究要接受，這一趟別離，與以前所有的別離一樣，無從逃避。

江淹筆下別離的性質縱有不同，但人世間的別離本質都沒有兩樣。人，無論經歷過多少次別離，也無法超脫，也不可能超脫。於是，我們惟有一邊接受別離，一邊卻暗暗喊着，別要分離。

00後眼中的中學時光

鄭琇桓

香港道教聯合會圓玄學院第二中學，中六

讀過《港式東洋風》一文，方知以前流行「孖池頭」；而在我高中的時候，男生都愛燙頭髮，他們都愛頂着一頭「雀巢頭」回校，老師們都被氣得七孔生煙。至於女生們都會模仿韓國女生的造型，例如剪空氣瀏海。我也曾弄了個「韓式波浪鎖骨髮」。但都說潮流是風水輪流轉，以前的「孖池頭」或許終有一天會再次成為潮流呢！

另一篇文章《別．離》，讓我看到以前是七年中學生涯，如今我們只有六年；加上疫情關係，我們留在學校的日子更是少之又少。轉眼間我們快將畢業了，沒有多姿多采的活動，終究在我六年中學生涯中留下了遺憾。本以為因為上學的日子少了，應該會習慣離開學校的日子，但當真正的 Last Day 時，各種回憶在腦海中浮現，不捨的心情湧上心頭。即使是別離，相信這些回憶往後都會陪伴着我，牢牢地繫在我心上。

方一凡

宣道會陳朱素華紀念中學，中五

自被網課「禁錮」後，我只能度過短暫的校園生活，以為鮮有回憶，但是撰寫這篇文章時，似乎又有很多感受。最終一切還是敗給了似乎不是很特別的午膳——氣管與食道最忙的時候。疫情令我們已經再也無法肆意聊天。想念老師隨時來突擊檢查，其實都想八卦兩句的日子。

盧樂恩

聖公會林裘謀中學，中六

離別必然帶來不捨——對回憶的不捨，如作者所描述：中學回憶如雪一般，在暖空氣下融化、在空氣間漂浮。對我而言，中學回憶猶如一隻寫滿字的紙飛機，字裏行間描繪着種種回憶，隨着紙飛機飛去各個地方，向四周出發。

想必大部分中六學生上一次面對集體離別，就是小學畢業那一次了。那時懵懂的我們又怎懂得體會別離？大概只知道是換了一所學校而已；可中學畢業的一場離別卻不只是在學習路上踏上另一級這麼簡單，而是要面對公開試的殘酷、人生的抉擇，再步往長大成人的旅途。

中六同學們，好好帶着滿滿的回憶，與青春作一場告別，再踏往人生的下一階段吧！

第三章

課外時光

最原始力量的表現

姓名：楊映輝

現今香港的中學為了收生，每年都會辦一些開放日、升中生活體驗日之類活動，讓小學生們早日了解中學生生活的日常，並選擇自己喜歡的中學。但是在我升讀中學時，沒有太多這些體驗日。我小學時既沒有可能請GOOGLE大神搜尋中學的情報，又沒有大哥哥、大姐姐可以問問心儀中學的事情。所以小六升中的整個過程，全由小六班主任決定我的生死。最後，我和同班數位同學都派去同區的一間天主教男校，就是這樣糊糊塗塗地開始了我的中學時代。

小小的中一生開始日復日的上學、放學，生活上有甚麼改變？答案是放學後不用立即回家，可以留在學校玩一會兒。我身邊的同學，最喜歡留在學校打乒乓球、打康樂棋、打籃球、踢西瓜波，但是沒有運動細胞的我，往往只能站在一旁作為觀眾。我的中學是一間極重視學業成績的學校，在運動方面不太注重，像我這種沒有體育天分的人，可以安安心心地努力讀書，過着平凡的中學生活。不過，都有一些活動、比賽適合我的，是甚麼呢？

學校裏眾多活動及比賽中，最能夠反映男校學生汗水與力量的，應該是「拗手瓜」比賽，這項比賽是最原始最直接的，基本上所有人都可以參與，因此「拗手瓜」比賽在校內十分受歡迎。

記得中三時，學生會又舉行班際「拗手瓜」比賽，同學們未比賽先興奮，有同學為比賽作好準備。

首先，在班房內出現一對小啞鈴，同學們在轉堂時趁老師未到課室的片刻快速地用手抓緊一對小啞鈴，高速地向上向下舉動，用盡每分每秒，彷彿運動員在健身室中做體能運動，準備甚麼大賽似的。這對小啞鈴一直放在課室內，直至學期尾，最後它的歸宿是怎樣，我都不記得了。同樣地，又有同學帶了一對增強指力的器材回校，同學會在上課時伸手入抽屜內鍛煉指力。我也有問過同學借這組器材在上課時鍛煉一下，一邊上課聽書，一邊練指力，感覺不錯的。在最悶的課堂裏，我可以更專心望着老師，小心翼翼地不讓老師知道我在偷偷練習。

到了班際「拗手瓜」比賽的大日子，放學鐘聲響起，無論是參賽的、觀賽的同學都一窩蜂湧入比賽場地，有的準備參賽、有的來看熱鬧、有的為同學打氣。這次我是來參賽的，沒有體育天分的我，但尚算有一點力氣，可能是爸爸的遺傳。其實「拗手瓜」比賽場地的佈置，非常簡單：只要一張枱、兩張櫈。

中三級比賽準備開始，五張比賽枱已經分佈在有蓋操場，五班同學已經團團圍住，各班的選手已經各自熱身準備。每場「拗手瓜」比賽，有的很快決定勝負，有的久久的僵持着。我也是其中一場的參加者，當坐下與對手手握着手，聽到身邊的打氣聲震耳欲聾，也嗅到身體的陣陣汗味，人也緊張起來。

評判一吹哨子，我立即出盡氣力希望將對手扳倒，但是事與願違，我與對手僵持着，我的手心開始出汗，額上汗珠也徐徐地流下來。我心想無可能第一場就被對手擊倒，愈心急愈僵持着。我在比賽枱上，感受到對手的力量由手腕、手臂及手指傳遞過來。我慢慢地感到不行，但同學的打氣聲此起彼落，更是越來越大聲。雖然我與對手接觸的地方是手掌及手指，但是我需要有強勁的腕力、指力、拉力及前臂的鎖力，才可以發揮到二頭肌的力量將對方壓倒。這時處於劣勢的我，將整個身體與手臂拉回一個較近的距離，以帶動手臂回到與對手水平的位置，方有勝算。時間一分一秒過去，我已盡力與對手拉近距離，嘗試一鼓作氣壓倒對手。最後，大家都大喝一聲，大家的小宇宙一起大爆發！結果我輸了，力不如人，甘敗下風。

每場比場都是短短數分鐘，有人輸，有人勝，但是每人都是全力以赴，問心無愧。同學們都會留在比賽場地，觀看所有比賽，為每個參賽同學打氣，直到所有比賽結束。天黑了，我也帶着酸痛的手臂回家吃晚飯。

「大家的小宇宙一起爆發！」

運動場上的風景

姓名：范詠誼

陸運會，是中學生活必不可少的回憶。這些回憶是有趣？是無聊？是刺激？是沉悶？因人而異。屬於我的陸運會，各種味道摻雜其中，但想來都是有趣的回憶。

不說不知，我在小五時曾是學校的田徑運動員，在「學界」中的比賽項目是跳高和4X100接力，且第一次參加比賽便摘下兩面金牌。然而，可能天生慵懶，我不太承受得住密集的訓練，所以升上六年級後，我便以「要應付學能測驗，媽媽不准我再參加比賽」為由退出校隊。從那時開始，我便下定決心要與「運動員」身份撇清關係。

中一，第一次參與中學陸運會，沒有太興奮。我當然沒有參加任何賽事，只打算做個旁觀者，在看台上欣賞運動員的英姿。不過，這如意算盤未能打響，在陸運會舉行前的一個月，老師說沒有參加賽事的中一同學必須擔任啦啦隊！我不想比賽，但更不願意拿着啦啦球吶喊，可是賽事已截止報名，唯有不情不願的掛着一副沒表情的黑臉參與我社安排的練習。

陸運會終於舉行了。我們一班「啦啦隊新丁」在師姐的帶領下開始揮動啦啦球，喊口號——「信社醒，信社勁，信社冇得頂！」、「信社精神，超越常人！」、「信社精英，戰無不

勝，運動場上，我哋最醒！」事實上，我覺得一邊晃動着五顏六色的啦啦球，一邊在口中吐出這麼樣的口號，「尷尬」已經不足以形容這個狀況，這是活脫脫的「肉麻當有趣」！第一天陸運會的啦啦隊工作，我都是敷衍了事，心想「真慘，還要多捱一天！」

第二天午膳前進行的跨欄比賽，為平淡的陸運會帶來了一點趣味。同級某位外號「王子」的男同學，不知是訓練不足還是突然怯場，竟然全程用行的步伐，到欄前就用手將欄推跌，如是者，重重複複的直至最後一個欄為止。觀眾席上喝倒采之聲、取笑加調侃聲此起彼落。正當大家笑到前仰後翻時，啦啦隊師姐訓斥我們：「笑夠了！以下是100米決賽，我們有一位師兄好有機會勝出，你們要大聲為他加油！」

「咇」聲一響，我社師兄果然安裝了「摩打腳」，雙腿活像車輪快速轉動，厲害厲害！我們大叫：「信社精英，戰無不勝，運動場上，我哋最醒！」師兄聽到，好像跑得更快了，這面金牌應該是我社囊中物吧！那邊廂，一位參賽者突然不慎仆倒，見他掙扎地站起來，腳踝似乎是受傷了。這時，我社師兄已經成功衝線，順利在100米稱王。未幾其他參賽者也陸續衝線。

咦，剛剛受傷了的運動員還在賽道上，他選擇了咬緊牙關繼續賽事！他一拐一拐的拖着腿，慢慢的走向終點。司令台中司儀旁述聲響起：「加油呀！加油呀！請全體同學為呢位咁有體育精神嘅運動員加油啦！」我社師姐隨即命令我們喊：「謀記精神，超越常人！」那一刹，我們都彷彿跳到了跑道，近距離的支持這位同學。我不斷大叫：「謀記精神，超越常人！」、「加油！

加油！」他越過終點了！啊！我竟然發自內心的喊起啦啦隊口號來！

中一被逼當啦啦隊的經歷最後雖不至討厭，但我還是對這種高調的表現形式不感興趣。中二那年，我選擇了不做運動員、不做啦啦隊，我躲藏在看台最後一行，和幾個「志同道合」的同學各自看書，偶爾談談話，或者看看賽事。那時從來沒有想到，我竟再有參加比賽的機會。

中三的體育課，老師教我們跳高。我已經幾年沒有跳過高了，但「爛船還有三斤釘」，我居然還跳得不錯。陸運會截止報名前夕，鄰班一位我不認識而又同社的社職員突然找我，邀請我參加跳高比賽。我當下拒絕：「我無練太耐，完全無贏嘅機會！」她回應：「唔緊要啦！咪當玩下囉！」我再次拒絕。她說：「你當幫下我啦！」最後，我實在不好意思再拒絕，惟有答應。我不知道她是否真的期望我會取勝，反正最後我輸了，一塊獎牌都未能摘下。這個賽果實屬正常，沒有付出，何來收穫？這是唯一的合理賽果，所以對於這位同學，我也沒有任何愧疚之感。此後，我沒有再參加過任何運動賽事。而這一段小插曲給我最大的收穫是，我正式認識了這位鄰班同學，然後，我們在中四時被編入同一班，展開了一段不算很親近，但卻十分真摯的友誼。

*　　　*　　　*

現在我仍然有參加陸運會，不過角色已經由學生轉成老師。陸運會的賽事仍有跨欄，每年仍有同學不敢跨欄，與我那位名為「王子」的同學一樣，要用手把欄推跌。看台上的同學見狀仍會大笑。作為老師的我當然要阻止他們：「為同學加油，鼓勵他完成賽事啦！」

02
05
「加油！」

至於啦啦隊比賽當然不缺，班際啦啦隊比賽更是陸運會的高潮所在。各班都會為這比賽各出奇謀，練習時往往發現，平時很文靜的同學原來很有主見；曾經發生齟齬的同學都暫且放下成見，團結一致的練習，以求在陸運會當天能施展渾身解數。於是，我們在啦啦隊比賽時便能欣賞到一班一班充滿創意和表現力的同學賞心悅目的表演。而說到氣氛最熱烈的環節，莫過於是製造「人浪」了。看台上同學如舞動的龍，按老師的指揮起起伏伏，興奮的吶喊與搖擺的身體就是團結和諧的代名詞。

三十多年前的陸運會與現在的陸運會，時間、地點、人物、事件雖大有不同，但一些珍貴的、永恆的東西仍然不變。執筆之時，很多學校都因疫情關係不能舉行陸運會，期望疫情快快完結，我們可以再次回到那個運動場，那個揮灑汗水、擺動青春的運動場，一起享受中學陸運會中，每一個美好的瞬間。

大大小小的比賽

姓名：范詠誼

「啊 ~~~ 送你送你祝福永不斷／輕輕的飄尋覓無邊路遠／借那鳥語路上細添溫暖／拜託清風／奉上衷心／祝福千串／拜託清風／奉上衷心／祝福千串……」2D 班全體同學在台上唱完《祝福》的最後一句，緩緩步下台階。6 月下旬，禮堂在風扇轉動下空氣稍微流動，黏答答的皮膚涼快了一些。宣佈賽果了，我們如預期般沒有勝出。當日開班會選曲時就有同學說《祝福》太抒情，不易駕馭，不是一首適合全班同學合唱的歌，可是有同學堅持這歌夠熱——是呢，這歌可是當年各大流行榜的冠軍歌呀！

還是當個觀眾更有趣！某兩位師兄拿着紙扇，其中一位「啪」的一聲把扇子甩開，「夜風凜凜／獨回望舊事前塵／是以往的我充滿怒憤……」咦，為甚麼他邊看着扇子邊唱歌？嗯，明白了，他是在偷看歌詞吧！到另一位師兄了，他一樣很有型的甩開扇子，「受了教訓，得了書經的指引，現已看得透不再自困……」一樣的在偷看歌詞。兩位師兄都可能心中有愧吧，神色尷尷尬尬的，似笑非笑般，台下的觀眾則發出此起彼落的笑聲。他們唱得怎樣已經不重要，乾看他們台上的表現，娛樂性已然勝過一切了。

當然，唱歌比賽中還是有不少充滿實力的參賽者。其中一位古姓的師兄一定是佼佼者。

這位師兄高我兩級，自我中一開始觀看歌唱比賽，已經有他的身影。他歌藝超凡，在台上完全不怯場，滿有台型，雖然在外型上不是英俊瀟灑類，但畢竟是歌唱比賽，實力不是最重要嗎？另有一位林姓師姐，嘩！她的歌聲，不得了，婉轉動聽不在話下，她是在用美妙的嗓音訴説動人的故事，台下的我的心神驀地被她攝住；那一刻，魂魄彷彿飄離了侷促的禮堂，她唱完最後一句，仍餘音　　，不絕如縷。

歌唱比賽以外，四社戲劇比賽也是這兩位師兄師姐的表演場。看着他們的表演，不得不承認有些人是天生的表演者，那就是天分吧！常言天分加上努力才會取得成功，後來這兩位師兄師姐果然憑着他們的天分和努力，在娛樂圈和話劇界發光發亮。（古姓的師兄相信大家都猜到是誰；林姓的師姐則在話劇界多次得獎，熟悉話劇圈子的定會知道她！）而我也在四社戲劇比賽中首次接觸到「話劇」這藝術——這種在演員的演繹方法、舞台效果的表達、甚至劇本題材的表現上，都與我們常常接觸的電視劇和電影頗有分別的藝術。數年後我升上大學，並開始瘋狂迷上話劇，應該就是早在初中時已埋下種子吧！

除了歌唱和話劇這類屬於表演藝術類的比賽，學校還舉行過辯論和常識問答這類學術性比賽。那時我偶爾會收看電視上播放的辯論比賽和問答比賽，總是十分佩服參賽同學思路敏捷、口才出眾、學富五車。升上中學後我終於有機會現場旁觀了。記得我社有一位高我一屆的師兄，他是辯論比賽的主將，他在台上詞鋒鋭利，乾淨俐落，在充分的資料搜集和預備下，加上毫不怯場的現場發揮，盡顯大將之風。他凌厲的眼神一掃，友方堡壘瞬間被攻陷。在眾多社際比賽都鎩羽而回的我社，終於在辯論比賽中扳回一仗。

關於常識問答比賽的回憶，卻與笑料相關。記得老師問:「請講出中國的四大發明。」某社同學按鐘後一臉自信的答：「紙、筆、墨、硯！」當下心想，他答「粥、粉、麪、飯」會否錯得比較合理？

上述都是一些較大型的比賽。不過，我印象最深刻的反而是一個班際壁報比賽。中二那年，我級舉行了一個主題為「母親」的壁報比賽。班主任委派了包括我在內的幾位女生負責主理壁報。我們的意念是在壁報中間造一個立體的鳥巢，壁報兩邊則題上「母愛兒女心，比海更要深」語句。每天放學，我們都留在課室努力的製作。這次壁報設計的掌舵人是我的「死黨」阿花。在阿花的帶領下，我們戮力製作了一星期，這大作亦不負眾望，成功奪取了是次比賽的冠軍。阿花，我一直想向你大聲說：「你其實極有、極有領導才能！腦袋裏又多滿有創意的意念，你是好棒的！不要再妄自菲薄了！」

常說學校教育應該包含德、智、體、群、美這五育。中學裏大大小小的比賽，無疑都豐富了我們在這些方面的內涵。在課本知識以外，某些素養，絕對能讓我們成為更好的自己。

這是我以前相信，現在相信，以後也必然會繼續相信的真理。

最辛苦、流汗的活動

姓名：楊映輝

每個學生都參加過學校大大小小不同類型的活動，其中一項活動大家一定有參加過的，就是學校旅行。小學時的學校旅行，必定是坐旅遊巴士到郊野公園燒烤，跑跑跳跳一番後，再坐旅遊巴士回校。中學旅行又如何？中一那年的學校旅行，仍是坐旅遊巴士，平平淡淡地又度過一次學校旅行。

到了中二，遇上學校最有獨特風格的班主任——劉培基老師，外號老劉，全校的學生都愛這樣稱呼他，他亦喜愛這外號。雖然他主要任教中文科及中國歷史科，但他是學校最受歡迎的老師之一，因為他的教學方法別具一格，學生皆難忘他的課堂，不少師兄弟後來走上文史之路，多少受他影響。老劉百年歸老後，實在太多師兄弟談過、寫過、表揚過他獨特的教學風格，在此我真的不敢多寫。

劉培基老師除了教中文科及中國歷史科，還有負責學校的「香港愛丁堡公爵」獎勵計劃及學校問答隊。可能曾經當兵的關係，艱苦的戶外活動對他來說是小兒科，所以由他負責學校的「香港愛丁堡公爵」獎勵計劃是不二之選。而我中二的學校旅行日，就變得異常吃力，汗流浹背。

中二的學校旅行是西貢行山，未出發前班主任劉培基老師説過，旅行不應該坐旅遊巴士去到目的地便算，只可以坐巴士，之後還要步行多個小時後到目的地才有意義。大家聽完，只是乾瞪眼，等待學校旅行日的來臨。

結果中二的旅行日變成很特別的中學旅行日，首先只得我們一班在彩虹邨巴士站集合，再坐巴士入西貢行山。哈！哈！四十多人，還要全是男孩子在巴士站集合，場面都幾大陣仗。人齊上巴士，在巴士上，大家都好興奮；因為過去的旅行日都是坐旅遊巴，這次大伙兒一起坐巴士，幾乎佔據巴士上、下層每個角落，嘈吵之聲可想而知。巴士入到西貢，班主任一聲令下，大家魚貫步下巴士，開始「旅行」。行行重行行，開始漫漫長路。

最初，大家的步伐及隊型相當一致。但是行了兩個多小時之後，山路越來越崎嶇，越來越荒蕪，像很久沒有人行過，山路兩旁長滿高高的野草，我們一邊撥草，一邊向前行。其實我的體能只是一般，腳步也開始慢下來。漸漸地同學們的步伐開始有的快、有的慢，隊型變得像一條長長的螞蟻隊伍，而班主任劉培基老師守在隊伍最後，他不許任何一位同學慢下來，要大家繼續向前行，有時他會揮動手中行山杖驅趕我們，像牧羊人趕綿羊一般。幸運地，班主任劉培基老師不准許我們帶當時流行的巨型兩卡式收音機去旅行，如果同學們帶了的話，就要抬上山，何其辛苦！

又過了兩個小時，大家已經汗如雨下，有些同學更是疲憊不堪，我已經慢慢地去到隊伍的最後。雖然班主任劉培基老師當時的年紀不輕，但是他仍然聲如洪鐘，毫無倦容，繼續催促我們向目的地前行，不准停步。這時我明白古時行軍的滋味，絕對不是一件舒服的事情。大家又繼續行，汗出如漿，至此無一不饑腸轆轆。班主任劉培基老師要我們堅持到底，同學們只好咬緊牙關向前行，我同樣地忍耐着，最後還要多行一個小時才到達目的地。真的要命，前前後後行了五個多小時，大家都精疲力竭，我的雙腳已經發酸了。

大家一到目的地，立刻變得充滿活力，先大快朵頤，飽餐一頓，之後同學們各自玩樂。韶光荏苒，我們又要準備離開，趕在日落西山前回家（回程當然是乘巴士了）。中二的學校旅行雖然特別辛苦，揮汗如雨，但最後大家都能堅忍到達目的地，這種特別的感覺，到了三十多年後的今天仍舊深刻記在腦海裏。這次旅行雖辛苦，但感覺卻同嚼蔗近根時一樣，漸漸地加上了甜味。

Mark 鐘再起，唔該！

姓名：范永聰

（為求描繪傳神，本文部分內容將會自動轉成粵語，讀者請加注意，謝謝！）

「阿姐！阿姐！麻煩您……，麻煩您啊，……十一號枱呢，……唔該 mark 鐘再起！唔該……！麻煩晒……。嗄嗄嗄，……嗄嗄嗄，……。」高速衝刺後，我伏在桌球室收銀處的櫃枱上，對着那位差不多天天見面的「收銀姨姨」道。一口氣還是接不下去。

收銀姨姨不屑地斜視了我一眼，也沒說甚麼，只見她隨手按了一下按鈕——那是開關十一號枱照明系統的按鈕。然後，我回過頭去，看着遠處的十一號枱，只見那桌球枱上的照明系統關閉了。枱的四周頓時變得一片昏暗，連我的友人們的樣子也看不清楚，只剩下幾個黑影。但一、兩秒之後，十一號枱上的燈光再次亮起，友人們立即興高采烈地把枱面上散亂的桌球重新安放在適當位置。那十五隻「紅波」、以及「黃、綠、啡、藍、Pink、黑」，還有那最重要的「白波」，它們應當被安放的位置，我們已經非常熟悉。新一輪的玩樂，即將開始。

桌球室計算收費的方法非常簡單，就是按照顧客使用桌球枱的時間來收費——通常是以「每小時收費若干元」的原則來計算，桌球室顧客一般稱之為「波鐘」。「波鐘」衍生經常發生在桌球室內的一種帶有賭博性質的遊戲：所謂「打波鐘」。參與遊戲的兩位「選手」，在開始比賽前先達成協議，如「五局三勝」或「三局兩勝」之類，比賽的敗方負責繳付全數「波鐘」——也就是說，勝方基本上是享受免費娛樂了。有時候遇上高手過招，單單「打波鐘」還不足夠刺激，必須再在「打波鐘」上多加一個所謂「打度數」的「賭博」規條：例如大家協議「打十元一度」（註：桌球的分數稱為「度」或「度數」），假設最終勝方獲得一百二十三度，敗方僅獲得度數二十三度，那麼雙方的度數差額為一百，敗方除了要支付「波鐘」費用外，還要現場即付一千元予勝方（每度十元；一百度就是一千元）。遇有敗方託辭不肯認帳，又或根本無錢可付，雙方一言不合，往往釀成打鬥，在桌球室裏也算得上是司空見慣的事了。

順帶一提，桌球其實是非常、非常健康和益智的運動，講求參與者擁有優越桌球技術、高度專注力及堅毅不屈的體育精神；而「桌球室」也是對進行這種健康運動的場所的正確稱謂。然而，當桌球這項運動於大約四十年前在香港開始廣泛流行之時，主流意見普遍認為桌球並非一種「運動」，反而只是一種「娛樂」而已。參與其中的人，更多屬不良少年行列——「桌球室」是個品流異常複雜的地方。故此，大眾普遍不會稱呼提供桌球娛樂的地方為「桌球室」，倒是用上一個非常地道的名稱：「波樓」。「波樓」一名，對比「桌球室」來說，感覺當然遠遠談不上「高檔」了。

回說「波鐘」。雖然明文「每小時收費若干元」，但實際上「波樓」還是牟利有道。絕大多數「波樓」都有一項規定，自「開枱」起計——即顧客選定的那張

桌球枱上的照明系統開啟的那一秒起，立即進入「付賬模式」，即使顧客玩樂時間不足一小時就結帳離開，「波鐘」還是算一小時的費用。

上世紀八十年代末至九十年代初，桌球開始成為廣大市民的熱門娛樂消遣活動之一，鬧市「波樓」林立，甚至新市鎮內也開始出現大量「波樓」，「桌球行業」的營商環境可謂競爭激烈。部分良心企業開始推出形形色色的優惠，例如：顧客加入某家「桌球會」成為會員，每次光顧都會獲得「波鐘」九折優惠；持有學生證的顧客可以「學生價」享受英式桌球的樂趣——此舉吸引大量中學生參與桌球活動，與桌球在香港廣泛流行不無關係；甚至於「波樓」內光顧飲品小吃，也可享受各種折扣等等。種種誘因當前，我與一眾識於微時的好友，自然難以抗拒，小小年紀就已投身桌球事業去了。

然而，費用高昂的「波鐘」，對於仍是初中學生、沒有收入且只有微薄零用錢的我們來説，仍像永難翻越的高牆。小伙子們永不輕言放棄，我們經常一行數人，結伴前往「波樓」，享受高檔娛樂。開一張「波枱」，數人分成若干小組，每組二人，輪流對賽。兩人參與對賽時，其他伙伴在旁觀看學習；我們更設有「計時員」，負責從「開枱」一刻起計，嚴密控制時間，時刻留意何時需要前往收銀處「Mark鐘」，以期盡享「波鐘」，絕不容許蝕本。由於一眾友人往往以「AA制」形式支付「波鐘」總額；而每場比賽所費時間也不盡相同，為了公平起見，我們經常使用「Mark鐘再起」的方法，來方便計算整次活動完結之後，每位參與活動成員需要支付的實際金額。由是，我們的桌球活動非常健康與益智——一天下來，大伙兒可能已經於「波枱」及收銀處之間高度衝刺折返多次；而每次計算大家需要支付的實際金額，更是一課活用數學課堂，加減乘除全數用上。所以說，我們進行的桌球活動，是百分之百的體育活動來啊！

*　　　　*　　　　*

我還清楚記得，第一次光顧「波樓」，是中學二年級的事。那是198X年，歲月催人。那家「波樓」位於沙田市中心附近的好X中心，現址已經變成一個賽馬會投注站了。「波樓」的名稱是「富聲桌球會」；經典香港電影《賭神》中，也有一幕槍戰場面在桌球會附近拍攝。記得是我的一位同班好友「引領」包括我在內的數位友人一同前去的（註：這班好友現在還經常聚首，「帶頭大哥」的大名就不公開了）那時的「波鐘」，我清楚記得是十八元一小時。為甚麼我記得這麼清楚？因為當時的十八元，對我們來說，可不是一個小數目！我們唸的那所中學，每天午飯時間，都會有一家餐廳用客貨車運送大量飯盒前來販賣，一個粟米肉粒飯的售價不過五元。利用這個物價指數作一對比，你說那時的「波鐘」是否屬於高昂？

我第一次打桌球，好像付出了接近一個粟米肉粒飯的代價，在大伙人分享一個小時「波鐘」、每人大概只能嘗試「打幾Q (Cue)」的情況下，我成功打入了一隻紅波，拿了一度。那種成功感令我瞬間愛上桌球，自此之後，桌球成為足球以外我最慣常於放學後進行的活動之一。早已被投閒置散的學業，從那時起掉下萬丈深淵。但這是我自己的選擇，跟我一起沉迷桌球的好友們，他們絕大多數都能兼顧學業，只有我未能好好控制，這完全是自己的問題。

不過，我也無悔。雖然唸中學時，我花在桌球枱上的時間與

「Mark 鐘再起！」

心力，一定遠比用心學習經濟、地理、綜合科學、數學、英文等等學科為多，導致學業荒廢；但桌球仍然令我得到不少領悟。有時坐在桌球枱旁邊，細心觀察友人作賽，看着他們明顯「符碌」（註：粵語音譯詞彙，來自英式桌球術語「Fluke」，意指非技術性、純粹幸運打球進袋）入球、又或在無自主意識下意外為對方 set 了一個「符碌架」（註：無心插柳地成功設置一個 Snooker 給對手，令對手陷於困局），甚至往往憑藉一隻「符碌波」取勝（正因為如此，很多時參賽雙方在正式開局比賽前，均會商議協定是否接受「符碌」；術語為「打唔打符碌」），便會明白人生有時原來真的需要一些運氣——我們有個比較優雅的稱謂：「際遇」。

而看着那些擅長「校波」（註：即控制白波的走向，務求在打入紅波之後，白波能夠移動至一個較大機會打入 colour 波的位置）的高手在刻意經營，但往往因為一些極細微的失誤，如力度調校或「撞箍」的角度出錯等等而宣告「校波」失敗，又會明白世事往往難以盡如人意——任你如何奮力衝刺、苦心經營，都有機會因為一些極細微的小錯誤導致滿盤落索。看到桌球技術顛峰、往往能輕易「一 Q（Cue）清枱」的大師們偶爾因為一時失誤而落敗收場；就會明白人生可能也如一場桌球比賽，盡人事聽天意，有時應該懂得看輕得失，享受努力的過程或許更加要緊。

* * *

桌球是我整個中學生涯中極重要的回憶。在這個珍貴的人生畫面之中，永遠長存至今還有陪伴在我左右的一班好兄弟們。我們花在桌球上的時間非常多：無數個放學後的下午、週末的晚上，大時大節的通宵達旦，我們都經常在「波樓」中度過。我們當中終究沒有產生一位桌球運動員；縱然若干位兄弟技藝高超，下場時往往瞬間「起Q（Cue）」（註：形容開始比賽不久立即進入高峰狀態），QQ拿下二十、三十度，我們始終只視桌球為聯誼聚首的重要活動而已。

桌球對於我們這群於中學時期已經不離不棄的兄弟來說，它最崇高的價值是見證我們如何成就超凡的友誼。近年我們已經接近絕跡「波樓」，桌球活動在香港也好像遠遠不及我唸中學時那麼流行，現在「波樓」的「波鐘」收費多少？比起我第一次接觸桌球時的十八元「波鐘」，不知漲價多少倍了？雖然如此，桌球這項活動，以及「波樓」這個神奇的地方，相信永遠也會與我的回憶緊扣，始終是我心中一個極重要的成長情結。

希望找個空閒時間，兄弟聚首，再來一次「Mark鐘再起」！

黃牛與露營

姓名：楊映輝

絕大多數人第一次與同學們一起宿營，應該是小六的畢業營。畢業營內仍受老師的管束，但是大家都會感到人生第一個自由的高點，因為能夠與一班同學們圍着枱食早、午及晚餐，晚上更可以好夜好夜才去睡覺，一切都好像可以由自己作主。我是一個內向、被動的人，所以升上中學後，一切生活又回歸平淡，上課日子好好學習，放假日子呆呆在家。

中一匆匆的過去，升上中二後校園生活開始起了變化。一方面同學之間開始混熟，另一方面中二、三年級的班主任是劉培基老師。當年劉培基老師是校內最受歡迎的老師，除了學問淵博，教學風格獨特，更熱愛行山、旅行及露營。每逢學校的長假期，劉老師都會帶領大家去西貢燒烤旅行，那兩年除了學校旅行，就去了多次班會燒烤旅行，正正這個機緣令我愛上燒烤，也令班裏的同學都愛在假期時旅行燒烤、行山，甚至結伴露營。

中學的第一次露營，就是中三聖誕節時，一大班同學到大嶼山的貝澳露營。我們由藍田邨出發，坐地鐵到中環，於環球大廈地鐵出口與其他同學集合，然後一起走到港外線碼頭，再轉乘渡海小輪到大嶼山的梅窩。當中最令人難忘是環球大廈出口等同學時，嗅到附

近傳來一陣陣濃濃的炸雞味，到現在每次去到中環都會記得這種味道。

我們到達梅窩後，乘坐藍色的鐵皮熱狗巴士直達貝澳露營營地。一下車，就看見一群黃牛，有的懶洋洋地踱步，有的慢慢地吃着路邊的野草，有的茫茫然望着我們這班黃毛小子。我們與黃牛群擦身而過後，沿着小路入貝澳營地。

貝澳露營地點共有露營位五十二個，每個營位以木欄間開，地面以沙為主。貝澳泳灘中設有燒烤場，設有數十個燒烤爐，大部分燒烤爐都設在露營位附近，對露營者真的十分方便。這點好處正正就是我們選擇貝澳露營營地，亦是不少露營人士愛到這裏的原因。那時大家對野外清潔還未注重，四周都有不少垃圾及露營人士剩餘的食物，偶然會有黃牛在垃圾堆找食物——黃牛為農夫辛勞一生，最後成為拾荒者。

香港的十二月，就算露營都不會太辛苦，因為在十二月和暖的日光下，加上年輕力壯，我完全不感到太冷。大家在帶點鹹味的海風中開始起營，我們起了三個營帳，大家便將細軟搬入去。來到海灘，大家必定在海邊嬉水、弄潮、玩沙、扔石，不知不覺日落西山，開始準備晚餐。小時候幻想過露營的晚上，應該一大班人圍着營火彈結他唱着歌。事實上，我們只是簡簡單單燒雞翼、豬扒、生命麵包和棉花糖等作晚餐，飽餐一頓後，大家談天說地，大話西遊一番。皎皎明月高掛，我們各自爬入營帳，倒頭大睡！

到半夜時，我們突然聽到另外一個營帳的同學發出陣陣淒厲叫聲，不久淒厲叫聲變成喊打喊殺的叫囂聲。我們實在太疲憊不堪，沒有理會他們，只是叫他們細聲一點，不要擾人清夢，要玩就行遠一點。過了一會兒，四周又回歸平靜，我們又可以再次神遊夢鄉。晨曦時，我們爬出營帳，營地滿目瘡痍，好像颱風過後似的。另外一個營帳的同學都爬出營帳，他們的樣子好像沒有好好睡過似的——他們真的沒有好好睡過。

原來昨晚半夜，涼風颯颯時，有一群飢餓的黃牛衝入營地，為了尋找食物，營地被牠們弄到翻天覆地。最不幸其中一隻黃牛衝入同學的營帳中，他們被黃牛踐踏着，難怪發出淒厲叫聲，黃牛入營原來為了吃帳內那條麪包。他們最後爬出營帳，叫囂一番才引出黃牛，不幸地黃牛將營柱也弄彎了。當時，他們更義務地將黃牛群趕出營地，令其他人可以安安安心心繼續睡覺。他們折騰一番後，已經是凌晨三時了，這時方可以入睡。我們得知真相後，大笑一番，草草吃過早餐，休息片刻後就收拾一切乘船回家，我的第一次的露營就這樣結束。

現在想起黃牛群的遭遇，真是悲晨曦之易夕，感人生之長勤。

筆者與同學在營帳外合照。

《英雄本色》宿營記

姓名：范永聰

露營與宿營，相信大家也嘗試過。箇中體會與喜惡，人人不同，正是蘿蔔青菜，各有所愛。同樣是「營」，「露」與「宿」着實大異其趣。對我此等既怕熱、又潔癖的人來説，露營實在過於勞苦。雖然與大自然融為一體，確實別開生面，也是人生成長歷程中總要體會的難得經驗，但一想起長時間攀山涉水以後，連找個地方洗澡也困難重重——其實更大機會根本是無澡可洗，我自然選擇卻步。

近年香港非常流行露營，每逢長假期，各個露營熱點總有人滿之患。然而三十多年以前，宿營似乎才是長假期時香港人熱衷進行的主流活動。那時候我正在唸初中，非常、非常熱愛宿營。宿營最可愛的是，能跟一班志趣相投的兄弟們嘗試「一起生活」的滋味；在忘形縱情玩樂的同時，不用因為害怕父母責備而被迫早早回家——這事往往最為掃興。在那「三日兩夜」的宿營生活中，一大群男孩子盡情吃喝玩樂，分享心事，是最無憂無慮的快活日子。

我跟我的好兄弟們，識於微時。他們當中絕大多數是我唸中一或中二時的同班同學；當中有一、兩人更是我的小學同學。唸初中的時候，我們大伙兒有十數人等，全都熱愛足球。每天放學後例必全速衝往球場，踢個不亦樂乎，接近風雨不改。後來，更索性組成一支足球隊，設計屬於我們自己的球衣。球隊取名「David」——已記不清楚這個名稱怎樣得來的了，如果有兄弟正在閱讀拙文而又記得的話，請立即告訴我！「David 會」可不簡單，它不單只是一支足球隊，它是一種「精神」，會內成員性格各異，但我們異常團結，真正體現和而不同、一體中多元，多元於一體的最高友誼境界。我們除了經常聚在一起踢足球、打桌球、玩電子遊戲機、喝啤酒、閒逛閒聊之外（基本上我們就是吃喝玩樂啦，好像真的從來沒有聚在一起好好讀讀書），每年暑假更定必舉辦兩、三次宿營活動，聚眾狂歡。

* * *

別小覷一個規模小小的、由十數個初中男學生組成的所謂團體，「David 會」有自己的指定渡假屋，作為宿營之用。那幢渡假屋當然不是我們的物業啦！我們有一位兄弟的媽媽，交遊廣闊；她有一位相識多年的好朋友，擁有一幢西班牙式三層別墅，位於大嶼山貝澳，專門租予宿營客人。別墅有一個典雅與氣勢兼備的名字，叫「乾龍閣」。「乾龍閣」絕對是「David 會」的集體回憶，因為我們差不多每次舉辦宿營活動，都會選定「乾龍閣」為目的地。起初，選擇「乾龍閣」是因為它是伯母友人的物業，預訂比較方便，而且還有租金折扣；去過一次以後，大伙兒便深深愛上此地，以後再辦宿營活動，不作他選。

「乾龍閣」明窗淨几，位處貝澳巴士總站附近、步行不到五分鐘的小山丘上，我們每次也會預訂別墅的三樓作為宿營之用，三樓租客可以享用天台，我們會在天台燒烤、喝啤酒、不斷閒談，往往通宵達旦，可以遠眺貝澳海灣日出時的美景。貝澳本身也是一個非常適合宿營的地方，除了有水清沙幼的沙灘，更有一個偌大的石地足球場。我們每年暑假前往貝澳宿營，嬉水與踢足球是我們指定的戶外活動，相當有益身心呢！

然而，「David 會」會眾，就是神魔同體的一群人。我們熱愛健康的戶外運動，同時沉迷相對不太健康的戶內活動。每次宿營，我們日間外出踢足球和嬉水，晚間回到「乾龍閣」，就會開始「聚賭活動」。那時候香港電影界非常流行賭博片種，甚麼《賭神》、《賭聖》、《賭俠》與《賭霸》等，我們每套都看過多次，內容耳熟能詳，於是每次宿營，「乾龍閣」三樓都會化身 VIP 賭廳，大伙兒在模仿賭片內的故事情節，聚在一起玩「話事啤（Show Hand）」。我們還會玩得非常投入，如着魔地重複說着賭片內的經典對白，例如：「第三隻牌已經出價三百萬，沒有理由第四隻牌少過五百萬？」「三百萬就想看我的底牌？你發夢了吧？我 Show 你 Hand！」「我跟你的 Show Hand，再大多你四百萬！」等等，簡直完全瘋癲。我們何來三數百萬？所謂「百萬」，其實只是一元幾角，輸掉一次 Show Hand，大概也只是數元至十元左右，大家純粹追求那種玩得投入的氣氛。有些兄弟是雀林高手，往往一打就是八至十二圈。圍繞着啤牌與麻雀，大家喧喧鬧鬧，邊喝着啤酒，吃着薯片、花生等小食，兄弟間數十年的深厚情誼，就從唸初中時起慢慢凝聚起來。

這麼多年來，我們前前後後至少到訪「乾龍閣」十多次吧？雖然每次宿營的活動細節大同小異，但我深信「David 會」會眾各人，都有屬於自己特別懷念的時刻。不知道兄弟們最深刻的回憶是甚麼呢？小毛我至少有兩個。

有一次，我們在貝澳足球場踢足球，不記得是誰大力射球，足球一飛沖天，掉落在球門後方的草叢中。剛巧我站得最近足球疑似掉落的位置，自然自動請纓，跑進草叢去拾回足球。那草叢好不茂盛，我花上了數分鐘，也未能確定足球掉落的確實位置。突然間，我看到一個類似球體的東西在草叢內，心想：「總算找到你了！」興高采烈拾起那物事之際，赫然發現有些東西在那物事中飛出，朝着我的身體衝過來。還未看得清楚那些是甚麼鬼東西，我已感到雙手數處傳來劇痛，原來飛出來的都是蜜蜂；我雙手拿着一個蜂巢！我立即將那個蜂巢丟得遠遠的，用上永遠不可能在足球場上正常施展出來的光速，從草叢中跑回球場。幸好那次發現得快，只是受了丁點輕傷。拾球拾着一個蜂巢，也算是奇聞了吧！兄弟們當然笑個人仰馬翻。

又有一次，也不清楚記得是哪一年了，但一定是 1986 年以後的事，因為這件瘋癲事情，肯定發生我們最愛的 Leslie 主演的經典電影《英雄本色》上映之後。不記得哪位兄弟竟然有這種閒情逸緻，把《英雄本色》內最經典的、出自著名作曲家顧嘉煇先生手筆的配樂 Mark's Theme（文字無法表達這首配樂有多麼經典，只能説一聽就自然想起電影《英雄本色》的畫面）錄製在錄音帶內，還要是錄滿一整「餅」六十分鐘的卡式錄音帶。

年輕的讀者朋友們大概不知道，那時候還沒有 MP4，甚至連 Discman 也還未出現，前往宿營的人，都喜歡拿着一部手提卡式錄音機，大聲播放着當時最流行的粵語流行曲——一般來説都是張國榮、梅艷芳、譚詠麟及陳百強等天王天后的作品，這是當年的 Chill。我們最瘋癲的是，竟然在前往大嶼山梅窩碼頭、擠滿乘客的渡輪上（那時當然還沒有青馬大橋。要前往大嶼山，只有一個方法，就是到中環港外線碼頭乘坐航程多於一小時的渡輪；這絕對是青馬大橋永遠不能取代的浪漫），大聲播着這「餅」只錄有一首配樂的錄音帶——持續數十分鐘的音樂轟炸，頓時引來全船觸目。我們還要坐在渡輪的最高層，享受着冷氣，一邊播放音樂，一邊玩着啤牌。「David會」，就是那麼Chill。

事實上，我們的宿營活動，就是一場活像《英雄本色》的好戲。三日兩夜的持續瘋狂，從來沒有其他飲品，就只有酒；一日三餐除了第一晚指定動作的通宵達旦燒烤大會外，就只有從梅窩碼頭附近的超級市場購買的N箱「出前X丁」即食麪或各式罐頭食物——全都吃完還不夠的話，當然會在貝澳的士多稍作補給；但無論如何，補給回來的仍是即食麪而已。看着「乾龍閣」三樓垃圾桶內堆積如山的即食麪包裝袋，還有那散佈在枱面、露台、大廳地上，甚至洗手間內各處的啤酒罐和罐頭，我們就是這樣演繹着屬於我們的「英雄本色」。

回想「乾龍閣」，一轉眼就三十多年了！雖然今天「David會」兄弟各散東西，惟願大家將來都像《英雄本色》的英文名稱一樣：A Better Tomorrow。

閱讀的時光——初中篇

姓名：范詠誼

打開一本書，步進文字世界，暫時忘卻塵世的苦惱，與書中人同笑同哭；閱讀的時光，是如此的悠然，如此的美好。感謝我的中學良師，教我愛上文字，迷上閱讀，讓我在人生中高低起伏的日子，都有書本作伴。

母校的中文老師非常着重閱讀。每逢初中的長假，老師都要求我們閱讀一本著作。大概是中二的聖誕假吧，老師要我們看衛斯理的《老貓》。高小時代，我的一位堂姐曾送我一本名為《尋夢》的書，作者名字怪怪的，十足外國人名字，其大名正是衛斯理。《尋夢》是一本情節豐富，高潮迭起的小説，不過我並未立即迷上衛斯理，直至中二時第一次接觸到《老貓》。

可能我從小都喜歡小貓，又可能我真的十分同情《老貓》中那倒楣外星人的遭遇，我瞬間徹底迷上衛斯理了。我沒有選擇在圖書館借閱，而是用零用錢真金白銀的購買，那時明窗出版社的衛斯理系列大概二十元一本吧，實在不算便宜，不過我心中就是好想儲齊一套，於是便開始了「衛斯理購書之旅」。我有一個習慣，就是會將購書的日期及地點寫在書的第一頁上。翻開我的衛斯理珍藏，發現購書的頻率是驚人的高。由 1988 年 1 月開始，至 1989 年 1 月，足足一年，我幾乎沒有間斷的買書，有時幾星期買一本，有時一星期買一本，

這是最早購買的幾本衛斯理系列，當中沒有了我很喜歡的《大廈》，真可惜。當年看完這書後還很慶幸自己只是住在三樓呢！

有時隔一、兩天就買一本，如果是有上、下集的，我更會一次過買兩本！系列中最先買的應該是《大廈》、《古聲》、《盜墓》、《沉船》、《迷藏》及《貝殼》。先買這幾本的原因應該是被書名吸引吧！看完《貝殼》後，決心要由第一本看起，於是在三日之間買了系列中編號1的《鑽石花》、編號2的《地底奇人》和編號3的《衛斯理與白素》。雖然這三本並非我最感興趣的「科幻小說」，但誠如倪匡先生在《鑽石花》的序言中說：「因為這是衛斯理這個人物的『首本戲』，對這個人物的來龍去脈，有相當詳細的交代……」於是我就乖乖的看完它們，然後再追其他的。

至於購書的地點，也帶來很多有趣的回憶。最初我應該多在家裏或學校附近的書局買書。星期六、日，我頗喜歡去鄰邨乙明邨的「開來書坊」，那裏除有頗齊全的衞斯理系列外，還有各種各類的精美書籤，買書時順道選幾張文藝腔書籤，買書後再順道去隔壁的零食店吃一杯大菜糕，再買幾片酸木瓜，又是滿足的一天了。

上課的日子，我們偶爾會在吃完午餐後去第一城的書局逛逛，打打書釘。那時在「新商場」那邊有一間叫「文明」的書局，我也會在那裏買衞斯理的。不過，有時附近的書店沒有我想買的，我便要跑遠一點，到沙田市中心購買了。最齊全的當然是商務那類大書店，但我也頗喜歡去一間位於沙田火車站商場裏，名叫「八方」的書店。記憶中，這間書店的書整理得十分整齊，每本書都會附上一張資料卡，與其他書店的處理頗有分別。另外，我也會「去到邊買到邊」，例如在便利店買，或者在拜年時在親友家附近的「屈記」買（沒錯，那時候部分連鎖藥房也有售賣書籍的），總之，我似乎不會放過任何一個可以買衞斯理書本的機會。

當然，以我這種進度閱讀，很快地，衞斯理系列很快已被我讀完，我對倪先生的其他系列未感興趣，於是正式結束了追逐衞斯理的日子。正當我煩惱着還可以再看甚麼書時，中文老師又介紹了一位作家，這次是一位日本作家——松本清張。

中文老師這次要我們看的是松本清張的《點與線》。這是我第一次閱讀日本作家的小說，也是第一次閱讀推理小說。讀完後，很佩服松本先生嚴密的頭腦，他竟然可以從複雜的火車時刻表中得到靈感，並以此作為小說的重要詭計，真厲害！但初中的我對松本先生的佩服也僅此而矣。當然，若干年後我才得知他在日本推理小說界有殿堂級的地

位，他對社會不平事的鞭撻和對弱勢社群的關心才是《點與線》的主題。不過，那時的我並未對日本推理小說產生濃烈興趣，然而，這顆種子竟在若干年後發芽，這誠然是少年的我未能預料的。

來到中三時期，我有一位好同學非常喜歡看瓊瑤的愛情小說，她常常向我推介。猶記得她帶過一本封面被白紙包得密實的小說，我問她：「這是甚麼書？」她鬼祟地甩開白紙，展現了一本名為《海鷗飛處》的小說，封面正是一對接吻中的男女。我被這封面嚇倒了！她續道：「好好看的，我看完後借你。」我回她：「不用了！我對愛情小說沒有興趣。」可能曾看過幾本某位流行女作家的愛情小說，情節不外乎是富公子愛上窮家女，二人怎樣排除萬難而廝守終身……是的，我不感興趣，我不認為這樣的故事有任何觸動到我的地方。為此，我亦對所有愛情小說有了成見，直至老師要我們看金庸的《飛狐外傳》。

很奇怪，中文老師選擇的，不是《射鵰英雄傳》，不是《神鵰俠侶》，不是《笑傲江湖》，反而是相對較冷門的《飛狐外傳》。我想是前三者實在太長篇，老師擔心我們反感吧！老實說，我對〈飛狐外傳〉這個《雪山飛狐》前傳不感興趣。在這書中我覺得好看的是那篇名為〈白馬嘯西風〉的故事。書中描繪的少年情，很淒美，很動人。女主人公阿秀更叫人心疼，我心中的某一個部分隱隱被觸動了，似乎開始明白愛情是怎麼一回事。「愛情小說就是無聊」的成見也消失了。

不過，我未有因此而愛上愛情小說。反而，在中三中文老師許老師的推介下，我開始喜歡上文藝一點的著作。許老師是一位滿有學養，講課極吸引的老師，他在某個長假先要我們閱讀《水滸傳》。於我而言，看《水滸傳》絕不可稱為享受，我根本感受不到梁山好漢的故事有任何趣味之處（真是愧對老師，愧對施耐庵）！後來，許老師在另一個長假要求我們讀三毛的《撒哈拉的故事》，這次，三毛和荷西的故事吸引到我了，加上許老師在課堂上常常介紹中國現代作家，於是非常敬佩他的一眾同學便陸續到圖書館借閱三毛，以及一眾中國現代作家如巴金、冰心、魯迅、老舍、朱自清、徐志摩等人的著作，幾位熱愛中文的同學都化身文藝青年，課室的空氣亦飄蕩着淡淡的文藝氣息。

如是，中三的我開始揭開文藝作品殿堂的帷幕，要對廣闊高深的世界一探究竟……

我的衛斯理珍藏——明窗出版社絕版系列。有好幾本因借給了幾位「有借無還」的學生而沒了。如果這幾位學生有緣看到這篇文章，可以還給我嗎？

閱讀的時光——高中篇

姓名：范詠誼

高中是我開始較廣泛涉獵不同文藝作品的時候。

中五時，我班來了一位新的中文老師——楊老師。他是一位渾身散發自由奔放氣質的老師，班中的女同學都非常喜歡他，偶然上課時我更會瞥見一對對睜得圓圓的眼睛陶醉地注視着他。一天，楊老師在課上介紹了一位名叫鍾曉陽的女作家，說她在十八歲之齡便寫了驚為天人的處女作《停車暫借問》。老師更描述了作家筆下的女主人公趙寧靜：「寧靜是一個教人歡喜的女孩，她的麻花大辮更是可愛。」老師寥寥數句，已經成功勾起我們的好奇心，準備下課後到學校圖書館借閱。當天有否成功借閱？已然不太記得了，記得的反而是第二天，一位女同學把她的馬尾結成麻花大辮，在步入課室的一剎，引起了同學的一陣騷動。又過了幾天，這位女同學更將書包換成藤籃！是趙寧靜穿越時空來到我們的中間嗎？老師看到的一瞬應該會很驚訝吧！

中四中五時的我，很喜歡中文課，但更愛文學課。教授我會考課程的文學老師蔡老師是一位很可愛、溫柔的老師。她總是以溫婉的聲音為我們娓娓道來作家的故事、作品的背景和深意。她無疑是「婉約派」的，我認定！有時，她也會在課上介紹現當代作家。一次，她說最近看了一本很好看的短篇小說集，作者是村上春樹，作品名為《遇見 100% 的女孩》。又是抱着對老師的敬佩，我毫不猶豫的借閱了這本《遇見 100% 的女孩》。其實，現在看來，十六、七歲的我應該不太明白村上想說的東西吧！但無疑，我很喜歡他說故事的方式、他句子的節奏、他奇妙的比喻……然後，我開始有系統的追看他的著作，正式成為他的書迷了。

1991 年 9 月，我升上了中六，很多好姊妹卻已經去了其他學校了。上學的第一週，我情緒低落，每天下課回家總是以淚洗臉，害怕不會再結識到好朋友。那時沉浸在憂傷情緒的我，怎會想到我和幾位同學慢慢初嘗「文青」滋味呢？

9 月下旬的一個小息，一位在我眼中文學修養非常深厚的同學邀我看電影。她說這齣電影改編自中國作家蘇童的著作《妻妾成群》，電影由名導張藝謀導演，坊間的評價很好，她希望與我一起欣賞。有新朋友邀我看電影，我當然求之不得，但看的是文藝片，又有些擔心，懷疑自己有沒有看得明的能耐。最後，我們還是一起看完這齣名為《大紅燈籠高高掛》的電影。走出戲院，心中久久不能平復，那感受就如我站在一個空蕩的廣場中間，突然襲來了一股強風，這風很有力量，卻不霸道，然後，不知過了多少時間，風停了，然而空氣中仍稍微感到點點的震盪。

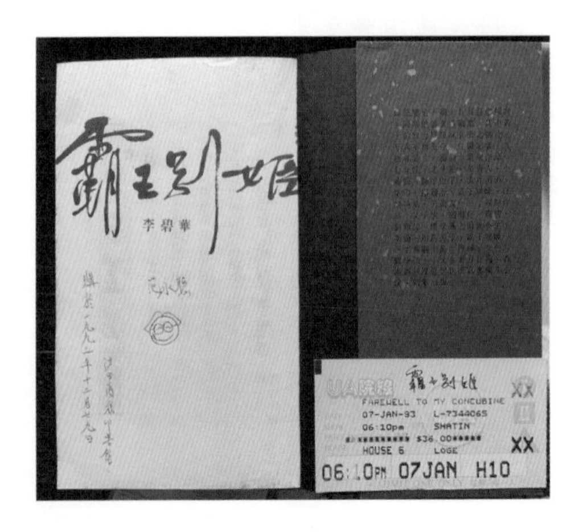

哥哥當年買的《霸王別姬》。看完書後幾天（1993 年 1 月 7 日），一家去看了元旦日開始上映的電影。

幾天後，忘了在哪來成功弄來一本蘇童的《妻妾成群》，便津津有味的讀起來。

這種電影與文本對讀的情景在我中七時又發生了一次。1992年12月，哥哥買了一本李碧華的《霸王別姬》回家，他應該是想在1993年1月1日電影上映前，先將原著看一遍。他極速讀完後，就輪到我讀了。老實說，這書的題材太沉重了，我不太喜歡。不過我們一家還是在幾天後入戲院看了電影，畢竟一定要支持Leslie啊！電影的藝術成就毋庸置疑，但劇情太悲了，於是這就成了張國榮主演的電影中我從沒有重看的一部。

*　　　*　　　*

隨着年紀漸長，我和同學課餘活動的區域也由沙田區移至區外。記得中六的暑假，一位同學

家中珍藏的博益出版社絕版村上春樹系列（連出版社也消失了！）

致電給我：「有興趣去香港書展嗎？」雖然我未嘗親自參觀，但在新聞片段中看過書展的報道，也很想親身前往朝聖。於是幾個「新界妹」就千里迢迢的由沙田出發，遠征香港會議展覽中心。到埗後，嘩！人山人海！從來未見過如此巨大的賣書場地！場館內不同的書店比比皆是，在書海中游弋完後，我買了博益出版社的《挪威的森林》。回家後瞬即讀完，讀後感應該和《遇見100%的女孩》類同：很好看，但又不太肯定作者究竟想說些甚

麼。尤其不明的是作者筆下頗為泛濫的性愛場景究竟所為何事？不過總算解答了為甚麼在學校圖書館找不到這書的真相。

有時，我們幾位「文藝青年」也會在假日結伴到旺角的「二樓書店」逛逛。我們逛的不外乎是「田園」、「樂文」、「學津」這些，而二樓書店的書種與連鎖書店真的頗有不同，它們售賣的多是「文史哲」圖書，亦即在我們這班中學生心目中較為「高深」的書籍。記得我第一本在二樓書店買的應該是錢鍾書的《圍城》吧！剛讀完，就接到某大學中文系的面試通知，面試的其中一題就是問我有沒有讀過一些現當代文學經典，我順理成章的便答了《圍城》。其實當時完全掌握不到小說的精要之處，後來在大學裏，才從老師的口中和研究資料裏得知錢先生的厲害。

回看中學階段，我真的很幸運，遇到很多對閱讀抱有熱情的老師，碰到不少志同道合的文藝青年，於是，我成為了一個喜歡閱讀的少年；後來，很慶幸我有機會也成了一位中文老師，我深深期望我的學生也能感受到這位老師對閱讀、對文藝的熱情；我深深期望他們都願意打開一本書，步進文字世界，好好享愛閱讀的時光。

願我們在人生高低起伏的日子中，都有書本作伴。

第一次參觀香港書展（第三屆）保留的票根，1992 年 7 月 25 日，這是一個很健康的暑期活動呢！

因「潮」之名——暑期工大作戰

姓名：范永聰

在香港唸中學，無論你抱着怎樣的態度來唸，壓力總是不能避免。悠長的暑假正是一眾莘莘學子期盼已久的長假——苦讀了一個學年，是時候好好放鬆一下。

當然，是否真的可以稍事歇息，還得看看父母有沒有推行「德治天下」理念的決心。望子成龍的父母，或許早已為寶貝兒女們準備了一系列暑期「知識增益」活動；如果真是如此，大概小朋友們也只能夠認命，乖乖上學去啦！

我唸中學的時候，雖然爸爸媽媽也緊張我和妹妹的成績，但總的來説，也算得上是讓我們自由發揮。唸小學時，暑假真的可以無憂無慮地玩樂，足足兩個月完全不接觸任何書本也可以——前提是成績必要足夠的好；而我和妹妹的成績，往往能夠超越父母的期望，所以他們容許我們在暑假盡情玩樂，享受陽光。升讀中學以後，我的學業成績大幅度下滑，操行慘不忍睹，初期父母還是管教從嚴，後來管也管不着了，因為本少爺接近完全放棄用功——閱讀歷史類書籍除外，他們已經苦無對策。

由是，初中時期的暑假，除了偶爾上上補習班，盡盡人事搶救一下英文科和數學科以外，基本上仍是每天玩樂如故。但原來玩樂過多，也真的會有稍稍生厭的一天。唸中三時，臨近暑假開始的時候，突然覺得不能再像以往那般拼命地玩樂，覺得似乎可以利用暑假做點「實事」，例如做做暑期工，一來拿取丁點工資，回家幫補一下生計，感覺好像對家庭有些微貢獻；二來要玩樂、要購買東西——特別是一些夢寐已久的「潮物」，總需要物質支持。現實，從來不容你不老實面對。

我人生第一份暑期工，是當「樓雜」。「樓雜」可說是我唸中學時代入職門檻最低的暑期工種，我大量曾經做過暑期工的同學或朋友們，他們人生第一份暑期工，都是當「樓雜」。「樓雜」是酒樓內最不專業的「萬能Key」工種，基本上只要是發生在酒樓內的「工作上的需要」，「樓雜」都有責任處理。但它也有好處，當過「樓雜」的人，大概對於整間酒樓的結構與運作——從廚房、洗手間、水吧、茶葉櫃到樓面，都會有着基本理解。「樓雜」可能是有志成為飲食業界專業服務員的朋友們的職業起點，不過那絕對不會是一份安逸的工作，辛勞程度令人咋舌。如果沒有記錯，我大概做了三個星期左右就告辭了，總算是一番體會。

然而，如果要說我曾經做過最辛勞、最痛苦的暑期工，非「裝修雜工」莫屬。那次也是非一般的工作體驗，經由好友胞兄介紹，一群兄弟一起前往香港島一個高尚住宅區做了幾天「裝修雜工」。我們都是完全沒有任何相關工作經驗的烏合之眾，當然不能負責「裝修」工作。那個工作地點矗立着十多座已經沒有人居住的破落獨立別墅，原來有地產商打算在那裏開展重建計劃。我們的工作非常簡單，就是「破壞」——重建前當然要拆卸舊建築物，而舊建築物內有些部分需

要用上人手拆卸。「建設」當然不能倚仗我們；「破壞」我們卻可大派用場。雖然只是為期幾天的超短期工作，但炎炎夏日，在完全沒有流通空氣的、接近密封的破落舊別墅內從事高度體力勞動工作，真的非常要命。不過，這次工作經驗非常珍貴，我學懂了即使搬運家具，都要有相關技巧，不是一味只靠一身「牛力」；更重要的是，這類「裝修雜工」的薪資非常豐厚，做了區區幾天工作，那報酬卻絕對足夠應付我們整個暑假的消費，實在痛快。

*　　　*　　　*

暑期工不是長期工作，對於很多青少年來說，如果做暑期工最主要的目的不是幫補家計，大概就只是為了打發時日。縱然如此，有些工種可能會為整個人生帶來非常深遠的影響，又或促使我們改善自身性格弱點及「解鎖」特殊技能。中五那年暑假，在草草應付中學會考以後，百無聊賴在等待會考放榜的我，在爸爸穿針引線下，到堂兄工作的一間高級會所做暑期工。

我被安排負責水吧工作，為到來會所消遣的賓客提供飲品；偶爾也會「客串」當侍應生，到中菜部或西餐廳幫忙。這是我人生中學到最多實用知識的一份暑期工作：我在水吧部接觸到大量不同類別的洋酒——人生首次嘗到紅、白餐酒的味道，習慣喝啤酒的我，那時還不太喜歡，不料後來慢慢愛上。到了今天，紅酒仍是我的最愛。水吧部的「師兄」們，還悉心教導我基本的調酒技巧，由最初嘗試調出非常簡單的 Gin Tonic 及 Screwdriver，到後來學習 Long Island Iced Tea 及 Irish Coffee，及至臨離職前活像「考牌」一樣的 Rainbow，那過程還歷歷在目。因為這一段學習歷程，以後我經常在不同類型的朋友聚會或派對中負責供應雞尾酒；而淺酌各種美酒也成為我此後藉以減壓的其中一個重要方法。

至於當侍應生，由於經常有機會面對無理取鬧而又永遠正確的尊貴客人，那簡直是一種「無間道」式情緒管理訓練課程，對於人生自然大有裨益。在水吧與餐廳工作也讓我雙手產生劇變，「解鎖」特殊技能——一隻手能拿多隻酒杯和碗碟，這在日常生活上也是經常能夠大派用場的實際技能呢！或許更加重要的是，當我的友人在「酒局」進行時看到我能一手拿着六、七隻酒杯，他們眼中流露出驚訝的目光，我會覺得自己很帥，哈哈哈哈哈哈哈……。

*　　　*　　　*

當然，談到做暑期工的最大得着，說到最後、最重要的，始終是薪資。辛苦工作得來的薪金，令人非常滿足，尤其對於當時總是覺得自己完全沒有用處、讀書不成，操行差劣的我來說，拿着月薪回家，能為家庭盡一點力，感覺好極了。爸爸媽媽也非常疼惜我，通常只需要我拿出工資的一丁點部分，幫補一下家庭開支；餘下的大部分薪金，我可以用來購買自己夢寐以求的東西。由是，暑期工變成了因「潮」之名的工作——1980 年代末至 1990 年代初，當時香港時下青年人都有自己喜歡追求的「潮物」，對於廣大男生們來說，一對「馬田博士」(Dr. Martxns) 皮鞋加一條「李華士」(Levi'x) 501 牛仔褲，是外出參與社交應酬活動的基本衣着要求。

在還沒有做暑期工之前，我當然沒可能擁有這些「基本物質」；在參與過破落別墅室內拆卸工作和學習調酒以後，我終於憑藉自己雙手，成功換取人

生第一對「馬田博士」和第一條501。「馬田博士」真的深得我心，我到今天仍然非常鍾愛這個品牌，上班時差不多每天也穿着它；501就真的一次足夠了，為了追求潮流，花費幾百大元買了回來；試身的時候其實已經不太舒服，卻因為覺得擁有它是自己的夢想，最終勉強買了回家。然而501那種非凡的狹窄與貼身，真的不是人人能夠接受。香港的盛夏時節，日間少說也有三十二、三度高溫，穿着那極窄身的501，在旺角或銅鑼灣此等鬧市中穿梭，享受着途人的艷羨目光，固然很Chill，但代價也是異常的大。那條叫人激賞的501，穿得太久，真有為發育帶來負面影響的感覺，何苦呢？

關於「馬田博士」，還有一個足以令人笑個人仰馬翻的小故事。在未正式投身「職場」，參與暑期工作之前，我已經非常希望擁有一對「馬田博士」皮鞋。那時香港市面上有些小型商場內的店舖，為了照顧沒有足夠物質條件購買「馬田博士」皮鞋的廣大市民的需要，會在店內售賣一款品牌名為「馬田先生」（Mr. Martxns）的皮鞋。這個「冒牌貨」幾可亂真，它在形貌上與真正的「馬田博士」接近毫無分別，售價則是正牌「馬田博士」的三分之一至一半左右。據傳這款「冒牌貨」的銷售量相當高，畢竟當時買不起正牌「馬田博士」而又極度需要在人生交際上取得重大勝利的香港時下青年人實在太多。

我當然也購買了一對「馬田先生」，有時可以藉以假扮「博士」，試圖瞞天過海。不過，「冒牌」始終是「冒牌」，它的質料與真正的「馬田博士」差別極大。

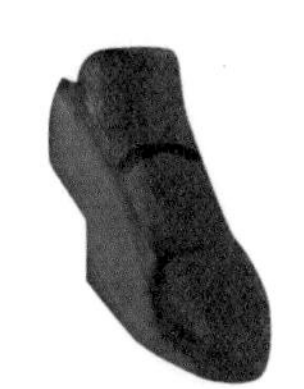

有一次我在旺角跟友人逛街的時候，穿着這對幾可亂真的「冒牌貨」，享受着「人生贏家」才能享有的途人羨慕目光時，突然感覺腳下「輕飄飄」似的，低頭一看，才發現穿在自己右腳上的「馬田先生」底部空空如也，原來鞋子的整個鞋底部分已然脱落。幸好事發地點附近就有修補鞋匠開設的小店舖，能夠及時救急。不過，如此令人感到無奈的遭遇，激發我誓死擁有一對正牌「馬田博士」皮鞋的決心。暑期工，變成我完成夢想的最重要途徑。

因「潮」之名好，不因「潮」之名也好，做過暑期工，習得實際知識與技能、累積人生寶貴經驗——尤其待人接物之道，拿到工資，實現購買「潮物」美夢。中學時期的暑假，總算過得別具意義。

00後眼中的中學時光

林菁雅

香港道教聯合會圓玄學院第二中學，中六

看到〈黃牛與露營〉這篇文章，令我想起了中一的訓練營，不過現在的宿營活動和以往的完全不同。首先就交通工具方面已經是一個很大的分別，我們被要求乘坐旅遊巴，而作者的年代則是自行乘車到露營地點，自由度十分高。我很嚮往這種自由快樂的集體活動，回首過往六年的中學生活，若能舉辦一場露營，再加上能經歷作者遇上黃牛之類的趣事，沒有死板的行程，沒有各種的規條，一定會是一個非常美好的回憶，真遺憾！

還有另一篇文章〈閱讀的時光〉，讀到作者被書本包圍下度過的中學生活，不禁會心微笑，文字中無一不滲透着作者對閱讀和書籍的喜愛。現在閱讀風氣較差，放學後大家多與同學們看電影，且看的都是不必帶備腦袋的商業鉅作。讀完作者的文章後，令我有打開書籍細閱的衝動，也許我也能感受一下成為「文青」的滋味。

林紫欣

聖公會林裘謀中學，中六

成長是孤獨的。我們獨自尋覓興趣，亦曾在群體中感到不自在、違和。然而這才更凸顯友情的可貴：與朋友志同道合，共度美好時光。他們伸出雙手，帶你融入群體；他們描繪你的青葱歲月，與你成為莫逆之交。中學時期推心置腹的朋友，未來會成為陌路人嗎？歲月會帶走校園回憶嗎？我想，不會。「真正的友情就像普洱茶，歷經時間的磨練，經久迷香。」望在蹣跚而行之年，老友結伴，一起回首。

楊琳

聖公會林裘謀中學，中六

我們用十餘年的時間長成肉身，然後用中學六年的時間，將觸覺伸向世界。

這種觸覺像樹一樣生長，樹愈茁壯，枝葉愈茂盛，它的根就鑽得愈深。人長得愈大，對往昔也有更深刻的體會，而這些頓悟或多或少支撐着我們的未來。或許成長就體現在你開始懂得為年少輕狂時幹過的蠢事鍍上意義，開始欣賞多巴胺的湧動下是源於對生命的熱愛；所以我們不要嘲笑那個被黃牛踩　的豬隊友、不要抱怨學校窮得沒錢修冷氣、不要羞於曾將自己託付給那位不牢靠的馬田先生，因為我們不知道這些不經意間播下的種子，會不會長成北歐神話中的宇宙樹——萌生於過往，茂盛於現在，延伸到未來。

第四章

致我們的中學偶像

有偶像相伴的中學時光

姓名：范詠誼

實在很難想像沒有偶像，或者仰慕的人的人生是怎樣的。我總覺得在一生中，特別是成長的關鍵日子，有一個令自己引以為傲的偶像，生活會更有趣味，日子會過得更幸福。

小學已經是張國榮忠粉的我，升上中學後對他的熱情持續升溫。我很希望他在樂壇勢力的「版圖」可以不斷拓展，然而，同窗似乎以喜歡譚詠麟為主流，譚粉同學都表示 Leslie 太前衛，難令人接受，也對外表乖巧文靜的我喜歡 Leslie 感到驚訝。當然，喜歡一個人可以沒有原因，而且我最好的朋友也是忠實張粉，同道互相支持才是最重要。不過，我心中仍希望 Leslie 在樂壇的成就可以更上一層樓，因為他的實力是配得的！

1986 年 10 月，Leslie 推出了在華星的最後一張粵語大碟《張國榮》。唱片封套的 Leslie 穿上一件紅色西裝，結上紅色領帶。試問還有哪個藝人可以駕馭如斯霸道的紅呢？封面好，大碟的內涵更佳，〈當年情〉完美地與《英雄本色》重疊，〈有誰共鳴〉把 Leslie 入世卻又出世的思想呈現。勁歌當然也不賴，沒有被 plug 的 *Crazy Rock* 更是教人驚喜！這是一張我認為是他開始進入「偶像實力派」的專輯，中一的我覺得自己的偶像確是全世界最好的，連帶對我鄰座那個眉宇間有些 Leslie 氣質的不良少年同學，我也覺得他順眼起來。

1987年1月，《十大勁歌金曲頒獎典禮》舉行。相信對榮迷及Leslie自己而言，這肯定是一次不能磨滅的記憶。Leslie在唱金曲金獎〈有誰共鳴〉時慘遭喝倒采，他在歌曲過場時說：「有啲人攞到成就就用好短嘅時間，有啲人要攞到一啲嘢呢，就要用長啲嘅時間，不過至少我而家所得到嘅嘢係我自己好畀心機去攞嘅。」在電視旁收看直播的我們，看到面有慍色的他吐出這番話，簡直教人既悲且怒！為甚麼你們對一個聲色藝俱全、又積極勤奮的藝人如此殘忍？不求你們喜歡，但求你們不要漠視他的努力而已！看完那一晚的勁歌頒獎禮，悻悻然的一肚氣令人難以入眠，心中也懇求上天對Leslie公平一點，讓他的付出和收穫可以成為正比吧！

1987年暑假，這個機會終於來臨。Leslie轉投新藝寶，推出了專輯 *Summer Romance*，我們看到了善良戇直的寧采臣高唱「人間路，快樂少年郎」，又看見在勁歌熱舞上從不教人失望的他展現最新「榮腔」的〈拒絕再玩〉和〈無心睡眠〉。1986至1987年度，Leslie事業再上高峰。而我，也安然度過了中一的新鮮人生涯。

中二，是既不生也不熟的階段。在平凡的一年上課日子後，迎來了中學的第二個暑假，Leslie亦舉行了他的第三次個人

張國榮的演唱會門券，筆者一直珍藏至今。

演唱會。這次演唱會由某可樂品牌贊助，主辦機構展開了鋪天蓋地的宣傳，其中一項就是在便利店買汽水送海報，相信全港的榮迷在那個暑假應該飲了不少可樂吧！1988 年暑假，我也浸沉在《百事巨星張國榮演唱會》的幸福中，Concert 中 Leslie 時而化身寧采臣，時而變成十二少，更唱起〈客途秋恨〉來。他絕對配得起演唱會的名字——巨星。毫無疑問，張國榮，正式成為巨星！

1988 年 9 月，升上中三的我更確定自己的學業興趣。在準備升上高中的前一年，我繼續努力讀書，盡力成為一個好學生。歲月靜好的日子依舊有 Leslie 陪伴。這一年，Leslie 又有震撼之作——音樂電影《日落巴黎》。1989 年 4 月，這齣音樂電影在大台播出，其卡士之強固然是一大亮點，而「靚人靚景」和恍如電影大銀幕的拍攝手法更是令人驚艷！Leslie 在〈想你〉的襯托下於凱旋門緩緩呼出煙圈、在巴黎街頭喝着咖啡、與 Cherie 初次相遇的驚鴻一瞥、Cherie 捧着長法包的嫣然一笑、Leslie 接到 Maggie 的遺書狂奔找她時響起的〈最愛〉，最後各人回到相遇前的原點，巴黎鐵塔旁茫然的 Leslie 和〈由零開始〉……全劇最後一個鏡頭——穿着 trench coat 的 Leslie 在巴黎鐵塔旁慢慢轉身，「還望說聲不變，不改變……」餘音　　，訴盡情愛世界中的無奈和變幻。《日落巴黎》簡直是音樂特輯的殿堂級之作，堪稱完美！

1989 年 9 月，升上中四的我終於可以甩掉 Phy、Chem、Bio，雖然仍有 Maths 纏繞不休，但已經比初中時天天遭逢挫敗好得多了。開學，初嘗中國文學的美好，以為高中生活會有一個美好的開始。未料 9 月中旬，Leslie 竟然宣佈退出樂壇！縱然他以前已多次表示很仰慕山口百惠在事業如日中天時光榮引退，

張國榮
張國榮的一片痴……
LESLIE
MONICA
張國榮
夏日精選
STAND UP
張國榮勁歌集
張國榮
張國榮
情歌再續
愛慕
張國榮
LESLIE
LESLIE REMIX 行動
IN CONCERT 88
VOL.2
張國榮
LESLIE REMIX
FINAL ENCOUNTER OF THE LEGEND
FINAL ENCOUNTER OF THE LEGEND

一眾榮迷已有心理準備，但到真正接到消息的一剎，哪個榮迷會不震驚？12月，Leslie推出了他告別樂壇前最後一張大碟*Final Encounter*，同時展開33場《張國榮告別樂壇演唱會》。演唱會在〈風再起時〉和Leslie「封咪」儀式後戛然而止。

中四的下半年開始，沒有了偶像歌曲的陪伴，生活好像缺失了重要的一部分。幸而，Leslie退出的，只是樂壇，他還有繼續拍攝電影，而且在影壇上大放異彩。無論是文藝類的《阿飛正傳》、喜劇類的《家有囍事》、《射鵰英雄傳之東成西就》、劇情類的《縱橫四海》都無不令人欣喜。

1993年1月1日，Leslie電影事業的巔峰之作《霸王別姬》在香港上映，這電影無不表現了他高度的藝術修養和律己甚嚴的演員道德。《霸王別姬》也成為了我中學生涯看的最後一齣Leslie的電影。3月，我也正式告別七年的中學生活，踏進A-level的戰場，展開人生的新一章。有偶像陪伴的成長是幸福的。我偶像名單中的第一位，從小學至今，從未變更——於他永遠年青，而我們卻繼續老去的歲月中，永不變更。

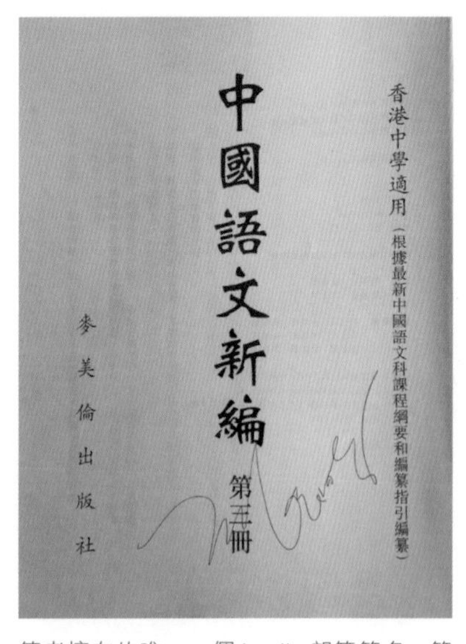

筆者擁有的唯一一個Leslie親筆簽名，簽名的來歷也是一個有趣的故事，你們想知道嗎？

怪你過分美麗

姓名：范永聰

我知道胞妹詠誼一定會在這本小書內撰文懷念 Leslie（張國榮）——雖然害怕內容有所重複，但 Leslie 是唯一一位我與詠誼、爸爸、媽媽一家四口都瘋狂着迷的超級偶像，要我不寫一篇小文談談 Leslie，沒可能。何況，在我整個中學生涯裏，Leslie 是極為重要的見證人——事實上，根本不只是中學時代，自我唸小學開始，直至現今的人生旅程中，Leslie 可說從不缺席。就算是 2003 年以後，我還是每天聽着他的歌；休息的時候偶爾會想看些舊戲，Leslie 主演的永遠是首選：《英雄本色》、《英雄本色 II》、《倩女幽魂》、《阿飛正傳》、《縱横四海》、《霸王別姬》、《白髮魔女傳》、《東邪西毒》、《金枝玉葉》，以至後期一點的《鎗王》等等，我都看過很多、很多遍了，甚至片內不少對白，已能倒背如流，但只要一看到 Leslie 在熒光幕上出現，我還是會被攝取了魂魄般，安坐着把節目看完為止。Leslie 的美麗，就是過分。任你是甚麼年齡與性別，也沒關係，定必被他吸引。

1983 年，〈風繼續吹〉登場，我開始喜歡 Leslie。那時候我唸小學四年級，已經能把歌詞唸得朗朗上口。當然，那劈頭一句極經典的「我勸你早點歸去，你說你不想歸去，只叫我抱着你。」（出自鄭國江先生手筆）就算那個時候唱得出來，也不明白歌詞的深意。到後來長大了，有點「經歷」了，再聽〈風繼續吹〉時，感覺就強烈得多。我唸小學的時候，大概是見證Leslie開始在香港娛樂圈嶄露頭角、慢慢走紅的時期吧——1984年的*Monica*，把他帶到一個新高度，我認識的女孩子，絕大多數成了他的忠實歌迷。當時我們還是小學生，固然比較膚淺，如果要問我們喜歡Leslie甚麼？其實大抵只有一個原因——用今天的術語來説，應該是「型英帥靚正」吧？Leslie有着成為超級巨星的最基本條件：「過分美麗」！但如果他因為有着這種天賦而荒怠，就不會有後來真正成為國際巨星的Leslie了。他付出的努力使他持續成長，才讓他的「美麗」發生變質，變得完全，內外兼備。

我人生第一次在紅磡香港體育館看演唱會，就是看Leslie。那是1985年的暑假，我正準備升中。回想當時，我們一家四口住在沙田的公共屋邨，生活已經比遷居沙田以前大有改善，但如果要一家四口一起看一次現場演唱會，那恐怕也是一種負擔。不過，同樣喜愛Leslie的爸爸就是豪氣，他購買了四張演唱會門票，讓一家人一同前往觀看演唱會。每張門票價值港幣一百二十元——當年最便宜的「山頂位」門票是每張三十元！爸爸真愛我們。我還清楚記得那次演唱會名叫「張國榮1985百爵夏日演唱會」，「百爵」是指演唱會贊助商「百爵爽鞋粉」——那時我當然不知道甚麼是爽鞋粉。

演唱會開始前我緊張透頂，坐在紅館的座位上，還不是「山頂位」啊！看着燈光慢慢轉暗，音樂衍生的巨大迴響好像直接撞到胸口來了，接着就是看到Leslie出場，全場觀眾也在尖叫。「我人生第一次現場觀看的演唱會就是看你！」我多麼想大叫出來。Leslie的演出當然精彩極了！基本上他做甚麼都精彩。

升讀中學，我認識一群要好的新朋友，後來慢慢發展成至今仍然肝膽相照的好兄弟。兄弟中不乏同樣愛慕 Leslie 之輩，大家也一起目睹 Leslie 走向高峰。1985 年推出的《為你鍾情》專輯內，第一首歌是 Leslie 曾經在訪問中說過自己最喜歡的歌曲：〈不羈的風〉。青春期的男孩們怎會不愛這首歌？它第一句歌詞：「從前如不羈的風不愛生根，我說我最害怕誓盟。」（出自林振強先生手筆）多麼不羈！多麼帥！簡直是我們一眾男生的人生座右銘。不羈的男生就是帥，而最能演繹「不羈」的精髓，環顧當時整個香港娛樂圈，就只有 Leslie 可以。同專輯內另一首神作〈少女心事〉，也讓我們為之風靡——「少女心事，但願我亦了解我也能知。」（出自林敏驄先生手筆）面對學校裏眾多少女，誰不想知道她們的心事？《為你鍾情》專輯的唱片還一反傳統，大碟不用「黑膠」，改用「白膠」，配合唱片封套 Leslie 那「大頭」零瑕疵俊俏臉孔，直如浪漫化身。

然後，隨着認識的異性朋友漸多，發生在自己身上的「故事」慢慢累積。Leslie 的歌曲始終能與我的情感世界高度結合，完美配合某一時地的個人心境，讓那種極度鬱結的情緒得到釋放。向心儀女神表白失敗的話，可以聽聽〈無需要太多〉（收錄在 1988 年的 *Hot Summer* 專輯）：「你注意過我已經稱賀，世界太闊，你的哭笑，不只為我。」（出自林夕先生手筆）；非常掛念一個人的時候，〈你在何地〉（收錄在 1987 年的 *Summer Romance* 專輯）適時出現：「夜，天花板有這段戲，總關不上心裏的放映機。舊的影子，舊的聲音，但新的痛悲。」（出自潘源良先生手筆）；真的到了非要結束一段關係不可的時候，〈想你〉（收錄在 1988 年的 *Virgin Snow* 專輯）的歌詞在腦海中響起：「呆坐半晚，咖啡早滲着冰冷，是否心已淡，是掛念你的冷淡。想你但怨你，暗街燈也在想你，但卻在暗示結局甚迷離。」（出自小美手筆）。當然，自己需要自我感覺良好；要為自己增加自信時，Leslie 的歌也能大派用場，〈無心睡眠〉（收錄在 1987 年的 *Summer Romance* 專輯）、〈貼身〉（收錄在 1988 年的 *Hot Summer* 專輯），以及〈側面〉（收錄在 1989 年的《側面》專輯），都足夠表達 1980 年代的 Chill。

然而，Leslie 也為我的中學時代帶來一個傷心時刻。1989 年，他宣佈退出樂壇，推出 *Final Encounter*。專輯內第一首歌，是記錄他引退心情的〈風再起時〉。那種淡淡的傷感，我到今天不斷重聽時，思緒仍然被深深觸動。與 *Final Encounter* 同時登場的是 Leslie 的告別樂壇演唱會，他在演唱會上呈獻了我永遠難忘的一幕——在紅館的舞台上展現一場歐陸式貴族盛宴，獻唱其中一首我最喜歡的歌曲：〈最愛〉（收錄在 1988 年的 *Virgin Snow* 專輯）。那段經典歌詞：「恨事遺留，始終不朽。千金一笑，瀟灑依舊。對對錯錯，千般恩怨，像湖水吹皺。」（出自鄭國江先生手筆，真是神作！）配合舞台上的華麗情景，是我中學時代看過的演唱會中最難以忘懷的一幕。Leslie 確實有公子哥兒的貴氣，他那種「美」，別具特質。

因着他過了份的美麗，我們愛他的表現，有時近乎瘋狂。1988 年，Leslie 成為某一汽水品牌的代言人，該品牌還贊助他於同年舉行的演唱會。為了加強宣傳，那品牌與香港一家連鎖便利店合作，推出「飲汽水，換海報」計劃。只要在該便利店購買一杯相關品牌的汽水，就可以得到一款 Leslie 肖像海報，全套海報系列共有八款。那一陣子，我們一群為了得到全套八款海報的兄弟們，每天放學踢完足球之後，

都不斷在喝那個品牌的汽水，完全漠視患上糖尿病的風險。

Leslie 走紅的時候，香港樂壇內同樣有另一位超級巨星——譚詠麟，由於 Leslie 與譚詠麟在樂壇上競爭激烈，他們的歌迷們自然水火不融。我們的兄弟團體中支持 Leslie 與譚詠麟的大概各佔一半；有時踢足球需要「分隊」的時候，就索性分成「Leslie 迷隊」與「譚詠麟迷隊」兩隊。陣上球技較勁的同時，滲入崇拜不同偶像的角力，球賽往往變得充滿火藥味；為了偶像孰優孰劣的問題而展開爭吵，更是司空見慣之事。尤有甚者，我們甚至試過購買三十元的演唱會門票，去「觀看」譚詠麟的演唱會，期間不斷發出噓聲。當然，譚詠麟的歌迷也會做同樣的事。故此，那時兩位巨星的演唱會進行期間，偶然會聽到紅館的「山頂位」區域傳出激烈的爭吵聲，大概是由於「敵對」歌迷光臨之故。

1991 年，Leslie 主演的電影《縱橫四海》上映。那時正值農曆新年期間，我們在家中有時比較無聊，總會有家庭成員提出：「悶極啊。不如去看《縱橫四海》？」然後立即出發，步行前往娛 X 城的戲院購票，入場支持 Leslie。一個新年假期下來，我也不記得我們進戲院看了多少遍《縱橫四海》？總之就是百看不厭。每次看完後媽媽都會說：「張國榮真是很帥」——我媽媽最喜歡 Leslie 了，相信對她來說，Leslie 的精湛歌藝與演技未必是最吸引她的地方；帥！型！就必定是了。爸爸較少參與我們這種不斷入場重複觀看同一套戲的不理智行為，他雖然也是非常、非常喜歡 Leslie，但他總覺得不至於如此瘋狂吧？然而，真正喜歡一個人，往往就是失去理智、陷於瘋狂的啊！

不過，我也有不太喜歡 Leslie 的一刻。1986 年，《英雄本色》上映，我跟友人在戲院看完以後，心中很不是味兒，我們很討厭宋子杰這個角色，甚至對Leslie產生了丁點反感。大概是電影拍得太好，我們看得過於投入之故。次年的《英雄本色 II》就不同了，雖然Leslie被安排在電影中殉職，但相信廣大Leslie迷們會看得開心一點。

Leslie有一首歌，或許可以說明我與他之間長久以來的精神聯繫。電影《英雄本色》上映時，Leslie於同年推出專輯《愛火》，專輯內收錄電影的主題曲〈當年情〉。我當年頗不喜歡這首歌，不是認為它的旋律及歌詞不好，只是不知何故，總是覺得這首歌的曲風不屬於Leslie，它不像我一向認知的Leslie的歌曲。可能又加上我對電影內Leslie所飾演的角色有點不滿，導致我那時真的不太喜歡這首歌。但人生真是非常奇怪，2003年以後，我突然覺得這首歌非常動聽，聽着它的時候，那種「想當年」的感覺，會令我覺得跟Leslie非常、非常接近。我深信這種「想當年」的感覺，在我餘生還是會持續下去。從裏到外都是過分美麗的Leslie，始終是我心中所繫。

我對Leslie的濃烈情感，當然不止於此。1995年Leslie全面復出，我當然歸隊支持。不過，那時的我已經是大學二年級學生了，而這本小書主要記錄中學時代的事兒。由是，就此擱筆。如果這本小書銷量好，編輯先生邀請我們再寫一本記錄大學時代的話，到時定必再寫一篇，懷念最愛、最美麗的Leslie張國榮先生。

胞妹的剪報珍藏。

一起聽歌的日子

姓名： 范詠誼

熟悉我的朋友都知道，我的超級偶像是張國榮，Leslie 的所有歌，基本上我都能朗朗上口。其實在 Leslie 的歌以外，我還是會聽其他歌手的流行曲的，而且甚麼歌手的歌曲，多多少少都會聽一些。這種熱愛聽歌的情況也是中學校園的常態。一起聽歌的日子，也就是充滿美好回憶的日子。

初中時代，正是譚詠麟和張國榮「爭霸」的高峰。我是忠實張粉，張國榮的所有盒帶或大碟，我當然會真金白銀的用零用錢購買。而 Alan 的，哼哼，我就不會用買的了，我會向麟迷同學借原裝盒帶回家錄製。我絕對認同 Alan 的歌非常好聽，但畢竟零用錢有限，當然選擇奉獻給自己的偶像吧！中學時代，家中的雙卡式錄音機實在是十分忙碌，除了 Alan 的，還成功製作了不同歌星的「專輯」和「雜錦」。有時我也會幫同學做這些「dup 帶」的勾當，有時同學又會「禮尚往來」。實在很難想像，如果當時的社會沒有這些侵權行徑，那些動輒六白金、八白金的唱片，最後可以獲得多少白金？

除了「dup 帶」，我和同學偶爾都會直接錄取收音機播出的歌曲。不過這種方法有一個小瑕疵，因為電台 DJ 通常會「夾歌」，即是在歌曲前奏及過場時說一段話，直至歌手開始唱才停止說話，所以這種方法往往不能清楚錄取歌曲的前奏和過場音樂，效果與「dup 帶」和聽原裝盒帶不可同日而語。雖然在錄取收音機播的歌曲時，偶然會對 DJ 的夾歌行為略帶怨言，但聲線吸引，夾歌技巧高超的 DJ，無疑可以令歌曲的韻味更悠長。後來，電台還製作了不少「劇場版」的歌曲，旁白往往是歌詞的延伸，這都為原本的歌曲增添了一些新鮮感。

*　　　　*　　　　*

可能那個年代真的沒有甚麼娛樂，聽收音機是很多人的共同嗜好。蓬勃的廣播業也捧出了不少「DJ 歌手」。唱片騎師本身就擁有靚聲，所以唱起歌來，更是繞樑；當然，也不是所有 DJ 都有唱歌天賦，但也有唱得很好的，就像小學年代我已經有聽的林姍姍、何嘉麗、蔡楓華，曾路得、盧業瑂、區瑞強、林憶蓮……到中學年代，有兩位 DJ 歌手特別吸引我，第一位就是黃凱芹。我不是他的節目迷，但我知道 Raidas〈傾心〉的填詞者「若愚」就是黃先生，我很喜歡這首歌詞；而他也是一位創作歌手，懂作曲，擅填詞，滿有才華的；加上他的長相，與我的一位堂兄有 90% 相似，相似到每次見到這位堂兄，我和哥哥都會興奮難耐，不禁會對堂兄說聲：「黃凱芹呀！」可能這個巧合令我特別留意這位 DJ 歌手，而他的歌，現在我還是會常常聽的。

第二位吸引我的 DJ 歌手是周慧敏，她擁有一副令男生着迷，令女生羡慕的面孔，在廣播界而言，絕對稱得上貌美。雖然她的歌藝不算出眾，但歌曲旋律容易上口，歌聲也很動聽，還唱了 Leslie 作給她的〈如果你知我苦衷〉，所以她的歌也是同學們去卡拉 OK 的熱選。中二那年，我鄰座的男同學就是她的忠實粉絲，常常在轉堂時就和我分享她

的偶像怎樣美怎樣好。「你喜歡她哪些方面？」「所有，她簡直內外兼備，有美麗的外表不在話下，心地善良有內涵，『玉女掌門人』並非浪得虛名！」看着這位平時老老實實，忠忠直直的男同學侃侃而談偶像的美好，我幾乎肯定這種熱情會延續一生。不過，過了不多時，有一天那男同學突然告訴我：「我已經不再喜歡周慧敏，楊采妮比她更『玉女』。」神態彷彿表明前偶像並沒有在他生命中出現似的。

不過，這一位男同學對 Beyond 倒是十分長情。我和他都是 Beyond 樂迷，在轉堂時我們偶然會討論一下 Beyond 的歌，例如新版〈再見理想〉是否沒有了那種懷才不遇的感覺？唱〈大地〉的阿 Paul 是否唱出了氣勢？女生是否都一定會喜歡〈喜歡你〉？他說他需要努力儲錢才能買到 Beyond 的唱片和其他相關物品，有時甚至會不吃午飯。這位同學雖然身型比較「健壯」，我相信他有充足的脂肪可供消耗，但也不禁擔心他捱得住嗎？結果，一年下來，他胖胖的肚腩消失了，圓滾滾的身形變成了高高瘦瘦。看來他成功地珍藏了不少 Beyond 物品，同時也成功地甩掉了追隨多年的脂肪。

*　　　*　　　*

升上高中，隨着 Leslie 宣佈退出樂壇，譚張粉絲的瘋狂歲月慢慢遠去。但前江後浪推前浪，一個朝代終結，必然有新朝代興起。我的高中時代是「四大天王」開始形成的日子。張學友的歌本來我就一直有聽，也覺得非常非常動聽；哥哥頗喜歡劉德華，所以家中有劉華的 CD；黎明主演的電視劇很好看，歌曲也動聽；郭富城則挾着台灣的聲勢回歸香港樂壇，舞藝令人賞心悅目。而劉黎的歌迷頗有當年譚張粉絲的氣勢，兩邊各不相讓。我就曾目擊班中同學爭論誰人較好——「你無看《都市的童話》嗎？Leon的〈傻癡癡〉真動聽！」「吓！甚麼『若你發覺我時常傻癡癡』，肉麻當有趣！劉華的〈一起走過的日子〉有意思得多！」「哼，Leon靚仔好多囉！」唉，旁觀的我，只能無言。

關於「四大天王」還有一段有趣的回憶。預科年代，班中有一位非常有生意頭腦的女同學。一天她帶來了一疊四大天王等人的明星相回來，售價我已經忘記了，反正是合理的價錢吧！她很懂得做生意，賣黎明和劉華的滿三張就送一張，送的則是郭富城和林志穎。我也光顧過她兩、三次，通常我會買劉華，送的我會要郭富城，但後來覺得林志穎這個與我同齡的「小旋風」也很好，也會買他的相片。說到林志穎，喜歡他的原因絕對只限於外表，他簡直就是從《小甜甜》走出來的安東尼，容貌和氣質都像極了，對於面對A-level沉重壓力的我有相當的療癒作用。那一年他來了香港開演唱會，我和同學一早便購買了二百八十元的門劵，5月7日早上，考完最後一份試卷，晚上便高高興興的在演唱會上和小旋風一起高唱〈十七歲的雨季〉和〈今年夏天〉，在歡騰的氣氛下慶祝艱巨的A-level終於完成了。

一起聽歌的日子，是充滿美好回憶的日子，也是一同成長的好日子。

廣播道追星記

姓名：范詠誼

中學時代，同學或多或少都有一些追星行為。我當然也不例外。買偶像唱片和相片、剪存偶像的報導、錄影他們的電視節目等自不可少，但真正的追隨星蹤、送禮等「升級」行動，理性的我總認為太瘋狂，所以從未做過。直至中四上學期考試結束後的一個下午，終於嘗試了第一次追星。

要談這次追星行動，必先要介紹一下廣播道。廣播道（Broadcast Drive）位於九龍城區，上世紀七十年代中開始，三家電視台（佳藝電視、麗的電視及無綫電視）及兩家電台（香港電台及商業電台）便座落於此，實是追星的好去處。1980年末，這暱稱「五台山」之地雖缺了佳視，但依然是星光處處。

我的一位中學「老死」阿花，當時便迷上了一位商台DJ。這位唱片騎師是晚間點唱節目《雲時衝動》的主持。阿花第一次聽到這醇厚的嗓音從FM大氣電波傳來，已經驚為天人，加上男DJ語調溫柔，溫文友善，更是中大新傳系畢業，很快的，男DJ成功奪得阿花的芳心。雖然他並非英俊瀟灑的類型，但愛才的阿花義無反顧的成為其忠實擁躉。

其實我也是《雲時衝動》的忠實聽眾，但我只限於收聽。阿花便不同了，她會致電點唱，希望可以在空氣中與偶像接通，談談心事；她會耐心的將節目錄起來，隨時回顧。後來，男 DJ 勇闖樂壇，她除了會將偶像所屬樂隊「新青年」的 MV 錄製，也開始把偶像的報道及照片貼在專屬本子中，反覆欣賞；當然，這種追星力度是不夠的，於是她開始跑上廣播道，主動出擊了。

阿花會帶着追星全副裝備：偶像專屬本子、相片、閃閃筆、照相機……在商台門口苦等偶像出現。遇有特別的日子如偶像生日，她更會預備一早在麪包店訂製寫上「Happy Birthday」的大麪包以及親手製作的小禮物送給偶像。為見偶像一面，她甚至會在放學後放棄補習，跑上廣播道等候偶像。這種迷戀令她茶飯不思，甚至連考試也沒有心情溫習。

1989 年 12 月，中四第一學期考試完結，沒有試後節目的我，第一次跟阿花跑上廣播道追星。阿花捧着一個親手縫製的大咕𠺝，一心一意等待她的男神出現。我則站在一旁觀察着粉絲的行動。在這條斜斜的道路上，着實有不少粉絲等待着目標明星的出現，只要有汽車在路邊停泊，粉絲們便屏息靜候，蓄勢待發。車門一開，噢！不是自己的目標，一眾粉絲只好散開；有時下車的雖非自己的偶像，但也聊勝於無，反正有些明星十分平易近人，簽名之餘更願意合照，這也算是追隨自己偶像以外的額外收穫呢！

已經等了個多兩個小時了，阿花還未等到她的偶像。我也開始感到有些睏了。突然，有一輛車停了下來，下車的人架着墨鏡，凝望他的臉孔幾秒，終於認出了他是誰，他是 Beyond 的世榮啊！耐性已燃燒殆盡的我精神為之一振，心想 Beyond 其他三子應該會陸續出現吧！未幾，一

名穿着皮外套、燙了鬈髮的男子出現，不得了，竟然是Beyond中我最喜歡的阿Paul！我的心跳加速，呼吸困難……相機的快門一閃，他便直奔入電台了。然後，從的士跳下來的家強姍姍來遲，下車後便如箭的飛奔進電台。家駒呢？直到我們離開時也未見他，想來也是一種遺憾……

我第一次，也是唯一一次的廣播道追星記就如斯經過了。最後我的老死阿花有否成功等到他的DJ王子？我已經忘了。但無心插柳、陪太子讀書的我卻驚鴻一瞥的親睹偶像風采，我實在是太幸福吧！

至於阿花，她的追星路也不長久。會考放榜，她因太沉迷追星，成績未如理想，幾經周折，最後要重讀中五。於是那位裝備齊全，常常佇立在攝氏十度以下的廣播道小斜路上苦等偶像的女生，竟然狠狠的將所有偶像珍藏丟掉了！那曾經的熱情，亦連同這些珍藏一併被丟走了。然而，丟不走的，是那本應努力讀書，但卻為追星荒廢了學業的愧疚和自責。這壯烈的動作（都說女人狠心起來不可小覷），是對自己在不適當的時候做不適當的事的懲罰，狠狠的懲罰。

追星事件三十幾年後的今天，與阿花再談這些陳年往事，彷彿看見，一個已為人母，步入中年的女士，默默回首的看着遠處的那位少女。她的眼神透出理解，卻不缺嚴厲。她開口了：「花，要在適當時候做適當的事啊……不過，誰沒有過那年少輕狂呢……」

唯一一次追星，幸運遇到 Beyond，可惜就是不見家駒。

海闊天空

姓名：范永聰

〈海闊天空〉這首歌有甚麼意義，相信Beyond的忠實粉絲們都清楚知道，在此不用說明。

喜歡上Beyond，是一次非凡的人生經歷；樂隊靈魂人物黃家駒先生（為表親切，雖然高攀，以下稱呼「家駒」）對我人生所產生的影響，更是無比深遠。

第一次看到Beyond的唱片，是1987年的事。那時我唸初中，學校附近有一間照相店（註：專門替顧客拍攝證件或學生照片的店舖，以往非常普及，街上隨處可見，現在比較少有；另一名稱叫「照相館」），除了經營照相服務外，也會售賣唱片和卡式帶——那時還未普及CD這物事。沉迷粵語流行音樂的我們，有時早早吃完午飯，眼見午膳時間尚未完結，會聯群結隊前往照相店，看看自己喜愛的流行歌手們有沒有推出新專輯，順便打發一下時間。

我就是在那間照相店第一次接觸Beyond的唱片，那是1987年1月推出的《永遠等待》，是一隻只有幾首歌的EP。在此之前，我已經在電台音樂節目中聽過Beyond的歌曲。如沒記錯的話，應該就是〈永遠等待〉，或許還聽過〈再見理想〉，我知道Beyond的歌曲全都屬於「原創音樂」，但那時的我尚沒有足夠智慧理解「原創」的重要性；我正在極端沉迷張國榮 Leslie 的流行樂曲，雖然也知道當中有不少是「改編歌」——唱片公司購買歐洲、美國或日本流行音樂樂曲的版權，然後邀請香港的填詞人為原曲填上粵語歌詞，以至重新編曲成為「新樂曲」，1980 年代的香港樂壇基本上就是充斥着這種流行音樂。

初次聽 Beyond 的樂曲，坦白說並不太喜歡，感覺是比較吵鬧——那時我當然尚未認識 Rock 是甚麼，〈永遠等待〉也未懂得欣賞，遑論更加 Metal 一點的〈金屬狂人〉了；〈再見理想〉我比較喜歡，但對於歌詞中想要表達的想法，也未能心領神會。或許那時我對於 Beyond 的觀感，可以用我第一次看見《永遠等待》EP 的唱片封套那種感覺作一概括：為甚麼他們要站在發電站附近拍攝唱片封套？他們的衣着非常奇怪，近乎譁眾取寵——上半身穿長袖毛衣，下半身卻穿短褲（那時非常流行的「水桶褲」），而且整體感覺上也帶着濃烈的不良少年意味——我也是不良少年！不良少年遇上不良少年，通常也是互表不滿。要之，Beyond 的整個感覺是比較「草根」，而在那個沉迷「偶像」的年代，「偶像」就是「明星」，不能過於「貼地」。Beyond 就是沒有那種「星味」，那時我極度膚淺，未能透澈看出這種沒有「星味」的「草根」感覺，其實多麼可貴。

不過，短短半年時間，一切逆轉。1987 年夏天，Beyond 推出《亞拉伯跳舞女郎》專輯——一隻充滿中東音樂風格的唱片。「Arabian dancing girl，願能與你編織一個夢！」那時我開始迷上 Beyond 了，對於整隊樂隊——尤其是家駒的經歷有着較深認識，發現家駒就是天才。他基本上沒有接受過「正統」音樂

訓練，他的第一把結他是「拾回來」的，他的結他技巧是自學的。這樣的一位創作人，怎能寫出如此神奇的、能把傳統中東音樂元素融入電結他的聲響與旋律之中？只有一個原因能好好解釋，家駒就是天才。

關於《亞拉伯跳舞女郎》這張專輯，還有一個充滿情意結的浪漫畫面。1987 年，我正在唸中二。這隻專輯推出之時，已屆盛夏。那時我的成績非常差，除了中文、中國歷史和世界歷史三科成績較好，英文科只能僅僅合格，其他所有學科全部不合格，學業已經響起重大警號。經過家庭會議商討，雖然大家都擔心家庭開支勢必增加不少，爸爸媽媽仍然決定要我在暑假開始上補習班。那時還未流行現今有「補習天王」「駐場」的大型「教育中心」，一般家庭都會聘請大學生作為家庭補習老師。暑假剛開始時，曾經有一位「姐姐」來幫我補習英文，一個星期來兩、三次，但大約兩個月之後她就沒有再來了。

後來媽媽四處打聽關於補習中心的資料，未幾就安排我到一間補習中心上暑期補習課。那間補習中心位於我家附近的一個大型私人屋苑——那時開始流行幾位補習老師合資租用一個私人屋苑單位，開辦補習中心，這些補習中心環境清靜，通常設有空調系統，非常舒適。那年暑假，我每星期有兩天晚上前往補習中心上課，從家中出發前往補習中心，大約是一段二十分鐘左右的步行旅程。在路途上，我拿着當時的潮流物品——Walkman，不斷重複的聽着《亞拉伯跳舞女郎》專輯內一首不算大熱的歌曲：〈無聲的告別〉。二十分鐘的路程，通常可以反覆聽四次，一來一回就聽了八次。

補習課是晚上七時三十分開

始的，我通常在家吃過晚飯便出發，盛夏的黃昏時節，天上盡是橙紅色的晚霞。不知何故，我總是覺得這個天色與〈無聲的告別〉中家駒所寫的歌詞是一種「絕配」：「無限唏噓惜別天，含淚告別了無聲」；大抵「惜別的天色」，可能是「血紅」的吧？那時我還沒有經歷過愛情，但〈無聲的告別〉是一種特別的浪漫情結，隱約讓我覺得，寫這首詞的人是一個很有故事、很有歷練、很懂浪漫是甚麼的人。這個由盛夏晚霞與絕頂樂曲構成的畫面，至今仍歷歷在目。

特別值得一提的是，《亞拉伯跳舞女郎》專輯內還有一首我極度喜歡的歌曲——〈過去與今天〉。這首歌是 1987 年香港電台播放的電視節目《暴風少年》的主題曲。這個節目我非常喜歡看，因為它是以極具現實主義的拍攝方法嘗試揭示當年香港社會上愈趨嚴峻的青少年問題。這個節目的第一集名叫《黑仔強》，由 Beyond 的主音結他手黃貫中（阿 Paul）飾演劇中主角「黑仔強」；家駒也客串飾演劇中一位黑社會人物「鬈毛」。劇中的「黑仔強」加入黑幫，逐漸走上不歸路，最終被仇家「掟落樓」慘死。那時我學業成績不佳，品行不端，也逐漸「不良」。看着《暴風少年》，對我來說，別有警世意義。主題曲〈過去與今天〉中有一句歌詞我非常喜歡：「知否我已放棄舊日的理想，知否我也有個夢要我醉倒。」這又是家駒的詞！他對於「理想」與「現實」中的矛盾與角力，總是看得非常透徹。不良少年可不是自出娘胎就不良了；不良少年也會有夢想，現實的殘酷往往是把他們推向「不良」的最重要原因。

後來，Beyond 推出了《舊日足跡》精選專輯，歌曲〈舊日的足跡〉備受注視；到了

1988年，《現代舞台》專輯發行，我發現身邊多了同學喜歡Beyond了。不過，那時要在校園內承認自己是Beyond的歌迷，還是需要一點勇氣的呢！雖然Beyond成功吸納了更多歌迷，但由樂隊帶動的原創音樂及Band Sound，在當時香港流行音樂中尚未擔當重要角色。我跟同樣喜歡Beyond的友人，有時在放學後會前往一些商場購買「明星相」——這是1980至90年代的普及文化潮流面貌，一些商場內的店舖以售賣「明星相」為主要業務，一間面積約數十平方呎的小店，牆上掛滿潮流偶像的照片，每當放學時間，還穿着校服的廣大學生們，都擠在那面積狹小的小店內爭相選購「明星相」。我也有購買「明星相」的習慣，本來只會購買Leslie的，後來就增加一個選項：Beyond！

在學校裏，每逢小息的時候，都會有不少同學拿着自己珍藏的「明星相」到處炫耀，有時他們會交換珍藏品。我試過拿出自己珍藏的Beyond「明星相」細看，本意是打發小息的時間，卻被一些同學發現我竟然購買Beyond的「明星相」，他們大感不解，有些人甚至發出恥笑。當然，我毫不理會；何況，發出笑聲的人，過了不久也成為Beyond的忠實歌迷了。

*　　　*　　　*

家駒對於那些「明星不明星」的相關遊戲，當然全無感覺——就算有感覺，大概也絕非好感。喜歡Beyond的人都知道，家駒從來最關心的，就只有音樂。「追隨」家駒的人，當然覺得他是音樂天才；他寫的旋律與歌詞深得我心，但或許我們最敬佩的，是他為了完成自己理想的堅持態度。我們常常聽到的「家駒的精神」，一言以蔽之，用今天的說話，就是「為了理想你可以去到幾盡？」一般看法是，真正令 Beyond 開始走紅的是 1988 年發行的專輯《秘密警察》內的兩首歌曲：〈大地〉和〈喜歡你〉；而接下來推出的歌頌母愛的大熱作品〈真的愛你〉更帶領樂隊正式「入屋」，成為廣受香港樂迷歡迎的樂隊。令 Beyond「為大眾接受」的幾首歌曲，相信也不是家駒以至整隊樂隊最喜歡的音樂類型。既然如此，為甚麼要創作這些音樂呢？家駒利用他的「餘生」提供了說明——如果我們有一個遠大的理想需要實現，而這個理想與你身處的時代的「主流價值觀」有所矛盾、甚至衝突，我們應該如何自處？「理想」如果足夠遠大，那麼絕對不可能一蹴而就；要考慮是否需要作出「妥協」，只要不忘初衷，「妥協」過後能帶來成功，才有機會完成「終極理想」。

Beyond 多年來都反對「改編歌曲」，與 1980 至 90 年代風靡一時的一眾樂隊，帶領「原創音樂運動」，這也不是一個一蹴而就的理想，但今天我們經常在聽着的香港流行音樂，「原創」已是基本理念，家駒雖然未必是這個理想得以達成的最重要領袖，但他為了堅持理想而努力不懈、永不放棄的精神，卻肯定是絕大多數同路人的最強心靈憑藉。

回看家駒仍在世時 Beyond 樂隊的發展軌跡，如果沒有〈大地〉、〈喜歡你〉和〈真的愛你〉，何來 1993 年那代表着樂隊音樂顛峰的《樂與怒》專輯？何來〈我是憤怒〉與我最愛最愛最愛（重要事情要說三次！）的〈狂人山莊〉？更加不要說那富有無窮無盡象徵意義與懷念的〈海闊天空〉了。

家駒在 1993 年離開的時候，我唸中七，剛好考完高級程度會

「今天我……」

考——一個自己從來沒有想過我這個不良少年壞學生可以有機會參與的公開試。那時，我正在等候「放榜」，看看能否再次創造奇蹟，考進大學，修讀我最喜愛的歷史學專業課程，進而嘗試完成我的夢想——成為歷史學家。

我喜歡 Beyond 的時候是初中，那或許是我人生最不濟的時期；家駒離開時，我已經找到我的理想，生命得到改變，中學生涯行將完結。在我心目中，家駒在世時的 Beyond，就是陪伴我走過中學歷程的重要伙伴；家駒更加身體力行，示範「理想」對於人生的重要性，以至面對挫折時的應有態度。凡此種種，對於中學時代、正在模鑄自己未來人生的我來說，都是非凡的啟示。

家駒走後不久，我進了大學。未幾，我終於下定決心，購買人生第一把木結他，自學起來。我當然沒有家駒的天賦，也非常疏懶，多年下來，技巧始終不濟。不過我已視結他為「終生學習計劃」，絕不放棄。反正自己的理想，從來都應該只向自己交代。這也是家駒教導我們的人生態度。

我深信家駒現在肯定已經海闊天空了，仍然留在地上的我們，大抵只希望他能看到「世界怎變，永遠企您那一邊」。

00後眼中的中學時光

鄭曉兒

宣道會陳朱素華紀念中學，中三

追星是一件十分普遍的事，但跟過往不同，現在追星只要在Google上搜尋，就會有心儀偶像的照片，只要到YouTube上搜尋，就會有關於明星的歌曲、訪問、幕後花絮片段等多不勝數的影片可以觀看。在這科技發達的年代，追星是一件毫不費力的事情了。

我想現在香港的年輕人喜歡的不是Mirror、Error，就是能歌善舞的韓星，但現在亦很流行一種偶像，就是虛擬偶像。虛擬偶像只會出現在數碼世界，雖然當中有真人參與，但大家幾乎也不太在意那位真人，反而把焦點放在那個live 2D的偶像上，好處是他們不會有緋聞，亦不會因為跟某某一起直播而被一堆粉絲轟炸，反而是會把他們當作CP一樣，十分支持他們的互動；他們只會在網上與粉絲互動，這樣除了減少在現實世界中受到影響，還能讓所有觀眾都能免費參與其中，當然有給力的粉絲還是會有對應的福利。

如此追星，與過往當然有極大差異了，私隱度高了不少，而應在的還是會有，並能有更多與偶像互動的機會，這真是生於現代的美好事情之一！

何穎潼

香港道教聯合會圓玄學院第二中學，中六

讀過〈一起聽歌的日子〉，我十分贊同作者的看法，認為有一個令自己引以為傲的偶像會令生活更有趣味，日子過得更幸福。作者在文中所寫的中學時光亦令我的心裏產生共鳴，偶像的陪伴確實為枯燥的學習生活帶來色彩！

其實千禧世代的學生生涯也離不開「追星」，不論是我小學時期紅極一時的少女時代、2NE1、BigBang 等，都是刻在心底的回憶。尤其會想起小學時參加晚上的補習班，不同學校的學生都是因追星而認識。再加上當時所掀起的 Yes!Card 熱潮，雖然 Yes!Card 的高峰期是在上世紀九十年代，但它無形中已流傳到每代中學生的追星生活中。在補習社門外，大家都會拿出自己的收藏卡盒互相交流，又順便討論「追星心得」。因小學生普遍未有手機，故此大家的消閒娛樂便只有這些了。

到了中學時期，有了手機便可以在網上觀看偶像直播，例如 vlive，大家亦順理成章更投入於追星。記得初中時第一次聽到 BTS 的 *Run*，如此觸動人心的節奏和旋律，令我感受到《花樣年華》的友情、愛情和青春。我進一步發掘他們的魅力；同時，我亦經歷了人生第一次的演唱會「THE WINGS TOUR 2017」以及年末的「2017MAMA」。當時與朋友都花了不少積蓄「追星」，買各種偶像的周邊，包括專輯、演唱會 DVD、首爾及日本場周邊等。到高中時期，我更正式踏入 Kpop 及 Jpop 圈，開始留意其他韓團例如 NCT、MAMAMOO 等，日本流行歌手則有米津玄師、Yoasobi 等。如是者，追星便一直成為我生活中不可缺少的一部分，陪伴了我，以及不同年代的人，度過青春歲月。看到作者所寫的廣播道追星經歷，我不禁想，如果我身歷其境，會是怎麼樣呢？

薛又如

聖公會林裘謀中學，中六

「追星，是為了成為像他那樣優秀的人。」都說人們仰慕的明星其實是理想中的自己，那麼追星便是一個追逐的過程。在學生時代，有偶像或許就意味着你有信仰、有夢想、有熱情，渴望創造自己的價值，再通過一個優秀的他，去學習、去欣賞、去努力成就更好的自己。偶像總有一種神奇的魔力，你或許不知道自己為甚麼喜歡他，卻願意為了他而牽動情緒、改變生活、尋找新目標。我想，有偶像的女孩或男孩，生活都不會太枯燥，對嗎？

致我們的
中學時光

著者
范永聰、范詠誼、楊映輝

責任編輯
梁卓倫、周宛媚

插畫
黃裳

裝幀設計及排版
吳廣德

出版者
萬里機構出版有限公司
香港北角英皇道 499 號北角工業大廈 20 樓
電話：2564 7511
傳真：2565 5539
電郵：info@wanlibk.com
網址：http://www.wanlibk.com
http://www.facebook.com/wanlibk

發行者
香港聯合書刊物流有限公司
香港荃灣德士古道 220-248 號荃灣工業中心 16 樓
電話：2150 2100
傳真：2407 3062
電郵：info@suplogistics.com.hk

承印者
美雅印刷製本有限公司
香港觀塘榮業街 6 號海濱工業大廈 4 樓 A 室

出版日期
二〇二一年七月第一次印刷
二〇二三年六月第二次印刷

規格
16 開（220mm x 150mm）

Published and Printed in Hong Kong, China.
ISBN 978-962-14-7358-5